MAQUILLÉE

DAPHNÉ B.

MAQUILLÉE

Essai sur le monde et ses fards

BERNARD GRASSET
PARIS

Photo de couverture : Emilie Möri/VOZ'Image
Portrait : Justine Latour

ISBN 978-2-246-82791-7

« pas juste du sain
du beau
du gentil
du highlight sur le bout du nez
on cupid's bow
on the cheeks »

Maude Veilleux,
Une sorte de lumière spéciale

Maquillée, calée dans mon lit, j'écoute une chanson qui parle de cash, je remplis à ras bord mon panier Sephora : deux palettes de fards à paupières iridescents, un crayon pour les yeux et un flacon de rétinol. En un clic de souris, je viens de dilapider l'équivalent du tiers de mon loyer. J'ai fait imploser une étoile, j'ai anéanti une famille de papillons, rasé un champ de trèfles. Bientôt, un camion viendra me livrer une petite boîte.

Je ne fais rien pour freiner l'apocalypse. Depuis quatre heures, je suis scotchée à mon écran d'ordinateur. La palette d'ombres à paupières Conspiracy, fruit d'une collaboration entre les youtubeurs américains Jeffree Star et Shane Dawson [1], vient tout juste d'être lancée [2]. Seulement deux minutes avant sa mise sur le marché,

1. Les deux youtubeurs et personnalités publiques ont précédemment collaboré sur la série documentaire *The Secret World of Jeffree Star*, dans laquelle Shane Dawson tente une incursion en cinq épisodes dans le quotidien du maquilleur controversé, Jeffree Star.

2. Elle est lancée le 1er novembre 2019.

l'affluence des internautes a fait planter la plateforme de commerce électronique Shopify. « Ya'll broke the Internet[1] ! » s'empresse de déclarer Jeffree Star à ses fans énervé·es, qui tentent en vain de se procurer la palette.

Ce crash informatique n'a pourtant rien d'étonnant. Ensemble, Jeffree Star et Shane Dawson cumulent plus de 39 millions d'abonné·es YouTube[2], une véritable marée humaine. Alors que Shopify trime dur pour faire renaître la plateforme de ses cendres et permettre au capital de poursuivre sa course, des fans fébriles s'emparent de Twitter. Il y en a une qui publie une vidéo d'elle à l'hôpital. On la voit pousser son pied à perfusion jusqu'à la fenêtre la plus proche, téléphone en main. Elle veut à tout prix capter le signal et conserver sa place dans la file d'attente numérique.

« On my way to the window trying to get some signal so i can hopefully get the #ShaneDawsonXJeffreeStar #ConspiracyPalette 👁 since I wasn't able to leave the hospital and go to a Morphe store[3] 😩 »

---

1. Vous avez brisé l'Internet !

2. Ce nombre a été calculé en novembre 2019. Il a depuis dégringolé, puisque les deux acolytes ont été mêlés à plusieurs scandales et ont fait face à de sérieuses accusations pour des gestes racistes qu'ils ont tous les deux posés.

3. Je me rends à la fenêtre et j'essaie de capter du signal pour mettre la main sur la #PaletteConspiracy de #ShaneDawsonXJeffreeStar 👁 puisque je n'ai pas pu quitter l'hôpital et aller dans un magasin Morphe 😩.

Tout le monde est ému par cet acte de dévouement, y compris moi. Shane Dawson pleure, je veux dire : Shane Dawson tweete des emojis de bonshommes qui pleurent. Dans la salle de conférences où tout est filmé, quelqu'un lance aux deux acolytes qu'ils ont sûrement plus de poids que le président américain. Et c'est peut-être vrai, puisque, en cet instant précis, ils exercent une véritable force gravitationnelle sur des millions de corps. Comme des astres, Shane et Jeffree me font dévier, moi et tant d'autres, ils obligent cette fille malade à pousser son pied à perfusion, à s'avancer vers la fenêtre la plus proche, à rafraîchir son écran. Plus de 2,5 millions de client·es font maintenant la queue en ligne, impatient·es de finaliser leur transaction. Moins de quatre heures plus tard, avant même que je puisse moi-même me procurer la palette, 1,1 million d'unités[1] se sont envolées et toute la marchandise de la collection est en rupture de stock. Le lancement de la palette Conspiracy marque ainsi les annales de l'industrie de la beauté.

1. Selon une story Instagram de Jeffree Star, 1,1 million de palettes auraient effectivement été vendues.

Il y a des jours, je passe des heures dans mon lit. Je n'arrête pas de cliquer, bercée par la musique que j'écoute trop fort. À la chanson qui parle de cash se succède la voix de ma vingtaine, la voix des bars où j'ai travaillé, ceux dans lesquels j'ai dansé. J'écoute Grimes, cette musicienne dont le nom signifie « crasse » en anglais.

En mai 2018, la pop star canadienne, anti-impérialiste autoproclamée, affiche publiquement sa relation amoureuse avec l'homme le plus riche au monde [1], Elon Musk. Avant de lever le voile sur son amour, Grimes retire judicieusement la mention « anti-impérialiste » de sa bio Twitter. C'est qu'elle sort maintenant avec celui qui rêve de coloniser Mars.

Grimes : la princesse du Montréal underground, des lofts poussiéreux et du grisement chimique. La fille aux cheveux verts, noirs et roses, qui travaille sans relâche et

1. En date du 25 janvier 2021.

qui s'enferme des jours dans l'obscurité, sans dormir ni manger, pour pondre ses albums de musique expérimentale. Cyborg, pop et métallique, baignée dans un nuage de suie iridescente, la musicienne manie le sabre et cajole les serpents. Ses chansons sonnent comme la drogue qui nous rentre dedans, comme la vitesse à laquelle on redescend.

On a étudié à la même université, elle a été l'amie d'une amie, la maîtresse d'un autre. À une époque, avant qu'elle sorte avec l'un des hommes les plus puissants de la planète et qu'elle fasse la promotion de sa musique avec des panneaux proclamant que « le réchauffement climatique est une bonne chose », je la sentais proche de moi. Un ex m'a décrit les fêtes qu'elle faisait chez elle. Il m'a détaillé son appart sale, la crasse dans son lavabo ; du jus presque noir. « C'était *grimy*[1] », qu'il m'a dit, c'était Grimes. De toute façon, cette saleté ne m'est pas étrangère. Elle macule tous les apparts abordables de Montréal. Encore aujourd'hui, la pluie s'infiltre dans mon plafond.

1. Sinistre, crasseux.

Trois ans avant l'annonce de l'union de Grimes et de Musk dans la presse, la poète et essayiste américaine Anne Boyer écrivait un poème qui préfigurait leur idylle, et mieux, qui imaginait le fruit de cette dernière, leur enfant. Elle écrivait ainsi en 2015 :

La pop star anarchiste a eu un bébé avec le fils du milliardaire. C'est un tas gris-vert de cash et de guns. C'est la preuve, pour ceux et celles qui en avaient besoin, qu'elle ne pensait pas vraiment ce qu'elle disait[1].

Je pense souvent au bébé qu'ont eu la pop star et le riche héritier.

---

1. Anne Boyer, « No World But The World », dans *Garments Against Women*, Boise, Ahsahta Press, 2015, p. 18.

Ma traduction : « The anarchist pop star had a baby with the billionaire's son. It's a green gray blur of guns and money. It was proof for those who needed it that she didn't really mean what she said. »

Je pense au tas gris-vert de cash et de guns, de fric et de flingues, à cette couleur où richesse et violence, fibres indémêlables d'un même tissu, s'entrecroisent. J'essaie de comprendre la couleur, de mettre en mots sa confusion. Le tas est trouble, comme de l'eau sale. Il est opaque et ça lui sert. C'est qu'il voudrait masquer sa vérité banale : il n'y a pas de cash sans gun.

Avoir un tas de quelque chose, c'est en posséder une grande quantité. Or l'opulence présuppose la rareté, car elle fleurit sur la misère des autres. De cette relation étroite et essentielle naît la violence. Ce bébé-là tire du gun.

Le bébé que la poète Anne Boyer décrit n'est pas gris, mais grisâtre. Il n'est pas vert, mais verdâtre. En fait, sa teinte malheureuse et inaboutie mute constamment. De là son suffixe *-âtre*. C'est qu'elle tire toujours sur une autre couleur et se métamorphose, comme un organe en décomposition. Le rein d'un cadavre passe du brun au noir. La trachée, d'abord blanche, devient rouge, puis olivâtre. La couleur trace un mouvement, nous enferme dans un cycle. Et personne n'échappe à sa danse.

Anne Boyer se doutait-elle que le bébé fantasmé du capitalisme allait naître un jour ? Qu'un événement ferait la une des tabloïds et lui donnerait raison, trois ans après la parution de son recueil ? Après tout, la poète n'invente rien, elle écrit simplement ce qui existe déjà. Car l'actualité, comme le bébé gris-vert, n'est rien d'autre qu'une preuve *pour ceux et celles qui en avaient besoin.*

Lorsque a éclaté la nouvelle de l'idylle entre Grimes et Musk, je fréquentais un sociologue connu. Trentenaire, le crâne rasé, *rebel without a gun*. Le genre de socialiste qui ne sent rien quand il met un condom. Tellement radical, avec son linge noir et ses pin's. Il habitait Los Angeles, travaillait pour une entreprise cotée en Bourse et conduisait une BM. Je me souviens de son air scandalisé en discutant des frasques de la chanteuse qu'il aimait. Une Grimes capitaliste, c'était plus qu'il ne pouvait en prendre. Il était déçu, presque dégoûté. Mais était-il dégoûté par la Grimes qu'il sentait battre en lui ?

Car la part de nous-mêmes qu'on reconnaît en l'autre nous révulse. Les cadavres, par exemple, nous repoussent, parce qu'on décèle en eux notre propre mort. Un jour, ce sera nous, l'*ignominieuse pourriture dont nos proches auront le soin de dérober la honte à la vue des survivants*[1]. Être

1. Georges Bataille, « La mort », dans *L'Histoire de l'érotisme*, Paris, Gallimard, 1976, p. 79.

dégoûté, c'est avoir la nausée, c'est être pris d'un spasme désespéré pour se distancier de soi.

Qu'avait fait Grimes, sinon rendre visibles les contradictions constitutives de notre siècle, ces paradoxes qui menacent continuellement de nous écarteler ? Tout est à la fois une chose et son contraire. Même les désirs qui m'animent s'opposent entre eux. Je souhaite la fin du monde aussi ardemment que je la crains. D'ailleurs, je me surprends souvent à l'appeler, cette catastrophe, à lui ouvrir doucement ma porte. Je l'accepte comme l'aboutissement « naturel » d'une existence élastique, prête à péter.

En confinement solitaire dans un appartement vide, au cœur d'une pandémie, je ne penserai qu'à m'acheter une bougie au pamplemousse. Je voudrai que ma fin du monde sente bon. Je regarderai des vidéos pour apprendre à me décolorer les cheveux toute seule. Je ferai un test en ligne pour savoir combien de planètes comme la Terre il faudrait si tout le monde consommait comme moi. Ça dira : 3,6 planètes. Je m'excuserai pour ça.

Je m'excuse à tout bout de champ. Je m'excuse même de m'excuser. J'ai 3,6 planètes dans mon ventre et j'en ai une coincée dans ma gorge. Parfois, je souhaite l'apocalypse, comme on demande pardon. Ça me soulage d'imaginer ma disparition.

Je pense à mon sociologue de Los Angeles. Pense-t-il vraiment pouvoir échapper à la dissonance dans laquelle nous enferme notre siècle ?

Si c'est le cas, alors saint Sociologue, prie donc pour moi.

Certes, je ne suis pas à L.A., je ne sors pas avec le PDG de Tesla, je n'ai aucune discographie. Néanmoins, je ne peux me distancier aussi facilement que je le voudrais de la pop star contradictoire, de cette fille « qui ne pense pas vraiment ce qu'elle dit ». Je viens de perdre une journée de ma vie à fantasmer sur une palette de maquillage, et ce n'est pas la première que je perds comme ça. Je suis féministe, poète et traductrice. J'essaie de lutter contre le capitalisme, le sexisme, le racisme et le colonialisme qui se terrent en moi. Et même si je parle fort, si j'interroge les hommes trop sûrs d'eux, en direct de la radio d'État, je ne suis pas à l'abri de ce que je décris. J'ai honte de consommer et de perdre ma vie sur des sites qui entretiennent mes désirs inépuisables. Ma libido s'amenuise, mais j'ai toujours le goût d'acheter. Acheter. N'importe quoi. Une nouvelle couleur d'ombre à paupières, des shoes, du vin orange, un pogo à la viande de phoque. Parfois, je n'arrive plus à me convaincre que mon inertie est une forme de selfcare. Je contemple mes privilèges et le sang sur mes mains maculées de pain et de beurre. Ma honte ne freine aucun de mes élans.

Quand j'habitais à Taipei, une vieille dame dans ma rue vendait des patates douces qu'elle faisait cuire sur du charbon. Moi qui ne vendais pas de patates, moi qui ne vendrai sûrement jamais de patates de ma vie, je m'éloignais de son étal au plus vite chaque fois que je passais devant. Je m'éclipsais pour courir le long d'une rivière polluée, en espérant sculpter mes fesses. Dans ce temps-là, j'arrivais à sortir de ma torpeur pour aller fumer des clopes sur mon balcon. Je trouvais ma jouissance dans l'autodestruction, j'y voyais une forme de salut. J'aimais croire qu'en me tuant un petit peu, j'allais finir par me pardonner d'exister. Et même s'*il n'y a pas de mal à la honte quand elle nous décentre*[1], quand elle nous meut, ce bébé de cash et de guns que décrit Anne Boyer, il bouge dans mon ventre. Il me donne des coups de pied.

Comme une goutte de rosée engluée dans les soies d'une toile complexe et flexible, je ne suis pas extérieure au tas gris-vert du capital, mais plutôt entortillée dans son linceul vibratoire. Une toile d'araignée, me dit Wikipédia, est un type de piège. Et parfois, c'est moi que le soleil traverse, c'est moi qui fais rutiler le système. Maquillée, pailletée, mcdonalisée ; je suis cette pluie qui transforme mon piège en cristal.

1. Nicholas Dawson, *Désormais, ma demeure*, Montréal, Triptyque, 2020, p. 156.

Pourtant, j'aimerais cesser de balayer ma honte à coups de cigarettes ou d'élans suicidaires. J'aimerais l'écouter parler et apprendre d'elle.

Je navigue dans l'abondance que je ne devrais pas me permettre. Je clique sur des produits. Je magasine du vide. Je me crée un profil de sugar babe sur SeekingArrangement, ce site de rencontres qui me promet une « relation mutuellement bénéfique » avec un papa-gâteau. J'entretiens le fantasme qu'on me paie pour avoir ce que j'ai toujours donné gratuitement. Cinq cents dollars pour me parler, m'embrasser, me pénétrer. Papalouisvuitton, Daddy's Home et Renardinterstellaire, venez à moi. Je traque les likes, les messages, je filtre les revenus annuels et les valeurs nettes de ces papis au visage masqué, souvent plus vieux que mon propre père. En marchant dans les rues du quartier Outremont, à Montréal, je transforme systématiquement les hommes d'âge mûr que je croise en sugar daddies. On dirait qu'ils cherchent tous une *super friend to play with, no drama, no strings attached. Daddy will take care of you*[1]. Peut-être

1. On dirait qu'ils cherchent tous une « super amie avec qui jouer, pas de drame, sans attaches. Papa va prendre soin de toi ».

qu'ils ont deviné que les femmes comme moi étaient du côté des crises de larmes, des émotions trop vives. No drama. Ils se sentent obligés de prévenir le désastre.

Le livreur sonne. J'ai à nouveau un but, une raison d'être : ouvrir des boîtes. Suaire, écrin, coffret enluminé, je crois que j'ai trouvé ma religion. Le maquillage luxueux que j'achète est enveloppé comme s'il s'agissait de reliques saintes. Mes fards de la marque Pat McGrath arrivent dans des sachets de plastique transparent, pleins de sequins. Quand je les déchire, une chute d'or se répand sur mes draps. C'est du bling, le genre d'éclat que je peux me permettre. Chanel, Yves Saint Laurent, Marc Jacobs, Armani... Les produits cosmétiques et les parfums sont d'ailleurs toujours la métonymie d'un luxe plus grand. En rendant abordable l'inaccessible des maisons de haute couture qu'ils représentent, ils donnent l'illusion d'une abondance dont tous·tes pourraient jouir.

Pour émuler le chic des classes sociales plus aisées, il faut parfois changer son nom. Je lis que Florence Nightingale Graham s'est rebaptisée Elizabeth Arden au moment d'ouvrir son propre salon d'esthétique, en 1910. C'est avec ce nom d'affaires qu'elle a bâti son empire cosmétique. Cette infirmière canadienne, fille d'agriculteurs, a fini par incarner l'opulence qu'elle avait d'abord mise en scène. *Fake it till you make it*[1], comme on dit. D'ailleurs,

1. « Fais semblant d'être ce que tu n'es pas jusqu'à ce que tu le deviennes. »

c'est « Elizabeth », et non Florence, qu'on a gravé sur sa pierre tombale.

Moi, mon nom d'utilisatrice, c'est poetbaby. Je me demande si ça se sent que je ne suis pas une vraie sugar babe. J'ai des années dans les yeux, des poils, des bleus, des cellules potentiellement cancéreuses. Quinze nouveaux daddies ont récemment visité mon profil et j'ai juste envie de leur faire mal, puis de leur susurrer à l'oreille : « No drama. »

Le bébé gris-vert du capital est peut-être moins vert que vert-de-gris, de cette couleur des monuments qui apparaît quand leur cuivre se corrode. Tel que je l'imagine, il aurait le vert des statues et des bâtiments officiels, l'autorité symbolique des toitures patrimoniales. Celle de l'hôtel de ville de Montréal.

Celle de tous ceux et celles qui me disent que je comprendrai quand je serai plus vieille, quand j'aurai des enfants.

Celle de ma mère qui me traite de pute.

Celle de la police et de madame la mairesse qui hausse les tarifs du transport en commun.

Celle de la Liberté éclairant le monde, au sud de Manhattan.

Ce vert-de-gris reflète l'importance du pouvoir étatique, justifie la surveillance, le contrôle des corps. Le cuivre s'oxyde, et les édifices, les casernes, les pyramides érigés dans la foulée de la colonisation se couvrent d'une patine vénérable. Elle bruisse comme le vent dans les feuilles du sang devenu vert. Le métal se ronge, se dégrade. Et bizarrement, plus il s'avilit, plus sa couleur force au respect et à l'obéissance.

Mon arrière-grand-père travaillait dans une mine de cuivre et d'or. Il a miné cette couleur à la sueur de son front. Le 26 décembre 1941, il est tombé d'une hauteur de 1 300 pieds au fond du puits nº 4 de la mine Noranda. Ma grand-mère Ghislaine n'avait que 18 mois quand il est mort.

« Au moment où Johnson et M. Blais étaient placés de manière à avoir un pied dans la cage et l'autre sur le plancher du niveau 1200, le préposé au treuil reçut le signal de remonter la cage, ce qu'il fit sans se douter que le coup de cloche ait pu être donné à tort. Lorsque la cage commença à s'élever, Johnson en sortit, mais M. Blais, que sa posture et la mise en branle de la cage prirent au dépourvu, monta avec elle jusqu'au boisage supérieur de la galerie où il se trouvait, d'où il retomba, probablement assommé, dans le trou béant. »

Mon arrière-grand-père n'avait pas l'habitude de travailler au lendemain de Noël. Les mineurs soûls, encore grisés par les festivités de la veille, risquaient alors de commettre toutes sortes d'erreurs fatales. Cette fois-là, il avait fait une exception, car il avait besoin de sous.

La coupure de journal qui rapporte sa mort décrit son corps déchiré, méconnaissable.

« Dans sa chute, son corps se déchiqueta sur le boisage et l'on ne retrouva au bas qu'une masse informe de chair. Il fallut plusieurs heures de travail méticuleux pour recueillir tous les lambeaux de la malheureuse victime. »

L'histoire de ce corps détruit sur et par le site de son exploitation, c'est l'histoire de la chair qui se mêle au tas de cash et de guns. C'est un fait divers qui, comme l'actualité courante, réactive sans cesse le poème, ce texte toujours inactuel et hors du temps.

Dans le cahier Canada où mon arrière-grand-mère détaille sa vie en 40 pages au stylo bleu, l'épreuve de cette mort est expédiée en deux phrases seulement. C'est qu'« il ne faut pas chagriner les enfants ».

De la mine, il ne reste aujourd'hui que la fonderie Horne et ses deux cheminées, qui recrachent chaque année des tonnes d'arsenic, de plomb et de dioxyde de soufre. Selon ma famille d'Abitibi, l'air de Rouyn-Noranda a une odeur et il a même un goût : il pique.

Je visite l'Abitibi depuis mon MacBook Air, en me baladant à travers des forêts de fenêtres et d'onglets. « Un ciel extraordinairement bleu le jour et de féeriques aurores boréales certaines nuits », prétend un site touristique. Je lis que l'arsenic présent dans l'air augmente les risques de cancer du poumon et je pense à la tumeur pulmonaire parfaitement ronde qui a tué ma grand-maman. « C'est le genre de cancer qu'on ne voit que chez les vétérans de la guerre du Vietnam », nous avait dit son médecin. Je clique sur un autre article. On y parle de la fonderie, qu'on appelle « l'un des poumons économiques de Rouyn-Noranda ». La lumière est bleue sur mon écran.

Je scrolle, next, au suivant. Je télécharge des PDF, des photos de nécrose sur le feuillage d'un groseillier, d'un sorbier, d'un peuplier. J'écoute le chanteur québécois Raôul Duguay sur Spotify. Les paroles de son morceau, *La bitt à Tibi*, chantent une rivière Harmonica. Je la cherche, elle n'apparaît nulle part sur Google Maps. J'aimerais pourtant la descendre, y pêcher, ou m'endormir dans son lit, pendant une centaine d'années.

« Je veux descendre en youtube les rivières de l'Amérique [1] », annonçait Beach Sloth en 2012. Ce vers, le poète de l'Internet l'a imprimé sur des T-shirts qu'il vendait sur son site web personnel, aux côtés de tasses à café promotionnelles. Aujourd'hui, son site dédié à ses poèmes est en construction et le poète est tombé dans l'oubli, tout comme la communauté poétique à laquelle il appartenait [2].

J'ai porté ce T-shirt au lit, à l'école, alors que je gaspillais ma vie à visionner compulsivement des vidéos sur le maquillage. J'ai descendu les heures de mon existence en

1. Ma traduction : « I want to youtube down the rivers of America. »

2. L'Alt Lit est une communauté littéraire informelle qui a vu le jour sur Internet autour de 2011. Hétérogènes, les œuvres des membres de l'Alt Lit (poèmes, collages texte-image, Tumblr, vidéopoèmes, livres téléchargeables, recueils de tweets, etc.) étaient toutefois traversées par le web social et son éthique do it yourself. Secouée par de multiples scandales sexuels, la communauté s'est dissoute quelques années plus tard.

youtube et même mes nuits, sans vraiment savoir ce que je cherchais sur la plateforme internet. Je me soûle encore de la voix douce de femmes anonymes qui décortiquent pour moi les vertus de myriades de produits cosmétiques dans leurs vidéos. Elles me parlent de texture, d'odeur, de pigments et de reflets. Je traque les makeup reviews comme on scrute le ciel pour trouver l'étoile Polaire. J'avais et j'ai toujours soif de conseils, peu importe s'ils me font consommer davantage. Ces conseils me rassurent quand ma gorge se serre ; ce sont des paroles sur lesquelles je veux m'appuyer. Parfois, pour retrouver la paix, il suffit qu'on me dicte quoi acheter.

Voici la meilleure poudre.
Voici le gloss le plus luisant.
Voici le rouge le plus mat,
le plus vibrant,
le plus crémeux.
Voici le saint Graal.

Comme un chevalier arthurien, je cherche ce fameux saint Graal. Dans le langage codé du YouTube cosmétique, un HG (holy grail) est un produit irremplaçable et mythique, qui se substitue à tous les autres. C'est l'aboutissement d'une quête capitaliste et la découverte du match parfait. Celle-ci est une fête et met fin à l'errance du ou de la consommateur·trice esseulé·e. Nous sommes tous·tes semblables au prince dont la mission serait celle de trouver le produit idéal, cette marchandise sacrée, faite sur mesure pour nous.

Ça sonne encore à la porte. Cette fois, c'est mon rouge à lèvres Chanel. Il arrive dans un boîtier, qui se trouve dans un écrin, lui-même emballé dans un sac. En déchirant autant de papier, j'ai l'impression de creuser un chemin vers le centre de la Terre, son noyau primitif en fusion. À mesure que je me débarrasse des couches, je me rapproche du saint tube. Il bat la chamade dans sa cage d'os et les strates qui me séparent de lui sont autant d'obstacles physiques qui attisent mon désir. L'appétit se gonfle lorsqu'il tend vers un objet inaccessible. *Le désir a rapport à la disparition*, écrit la poète canadienne Anne Carson. *Tu rêves d'un bol de cerises puis le jour d'après, tu reçois une lettre écrite avec du jus rouge*[1]. On dirait que je veux toujours le cœur qui ne se donne pas. Celui qui bat ailleurs. Je passe mon temps sur YouTube ou à lire des lettres écrites avec du jus rouge.

Hi Daphne, yes, I am sorry
I wish
But I have
I hope you
be happy
be happy and well[2]

---

1. Anne Carson, *Norma Jeane Baker of Troy*, Londres, Oberon Books, 2019, p. 22.

Ma traduction : « Desire is about vanishing. You dream of a bowl of cherries and next day receive a letter written in red juice. »

2. Salut Daphné, oui, je suis désolé
J'espère
Mais j'ai
Je te souhaite

Je suis happy, je suis well. Je m'enivre d'unboxing videos faites par les youtubeurs·euses, ces vidéos qui mettent en scène leur déballage méticuleux de produits de maquillage qu'ils et elles viennent juste de recevoir. Je les regarde, engourdie par le bruit du papier qui se froisse et celui des faux ongles en acrylique qui grattent doucement les surfaces des colis précieux. Je consomme par procuration, dans un plaisir anesthésique. Qu'on casse un Kinder ou qu'on déballe une Rolex, ça n'a pas d'importance. Ce qui me berce, c'est l'effeuillage de la marchandise. Les unboxing déshabillent l'inorganique et enregistrent le strip-tease du consommable, juste avant qu'on le possède. Quand je regarde ces vidéos-là, j'ai l'impression que c'est moi qui déballe les boîtes, qui déchire le papier. Je goûte au plaisir volatil de l'acquisition, m'imagine sortir l'objet de sa boîte, le tenir entre mes mains, comme s'il s'agissait d'un oiseau bleu. Une de mes makeup gurus préféré·es a l'habitude de publier des vidéos où elle ne fait que ça : déballer des « PR packages », ces colis promotionnels que lui envoient quotidiennement les marques de cosmétiques en espérant qu'elle en fera la promotion. Aujourd'hui, elle sélectionne quelques articles pour les faire gagner à ses abonné·es. *I'm in the phase of Marie Kondo-ing the crap out of my life. I want this to bring someone else joy*[1], dit-elle. C'est donc la joie

---

d'être heureuse

d'être heureuse et en santé

1. « Je suis en train de Marie Kondoer toute ma foutue vie. J'aimerais que cet objet puisse procurer de la joie à quelqu'un d'autre. »

qu'elle déballe, révèle et exhibe. C'est la joie que je rêve de tenir entre mes mains.

La vidéo est finie. Mon plaisir s'envole, mais je ne suis pas coupable d'avoir dépensé mon loyer. Ça m'a seulement coûté du temps. Et YouTube fait glisser mon radeau sur le fleuve des heures, jusqu'à la vidéo suivante.

Lors d'une de mes errances YouTube, je suis tombée sur Makeup Kristi, une fan de maquillage vivant dans le Massachusetts. Dans l'une de ses vidéos, la youtubeuse teste un fard à paupières émeraude sale, une couleur qui m'a tout de suite ramenée au poème d'Anne Boyer. Grâce à Makeup Kristi, j'ai su nommer la couleur mutante du bébé gris-vert qu'ont eu la pop star anarchiste et l'homme trop riche. Cette couleur, elle s'appelle schmoney.

Sur le site web d'Estate Cosmetics, une entreprise basée à Montréal, je lis que le fard schmoney est un produit « sans what the fuck (WTF) ». « Ce qui veut dire sans phtalates, sans parabènes, sans cruauté animale, précise encore la marque, avant d'ajouter Genre WTF, qui voudrait ça anyway[1] ? » Estate Cosmetics n'est pas la seule à se targuer de vendre des produits qui ne contiennent *PAS* certains composants. La sempiternelle liste des

1. Ma traduction : « WTF free products. That means no parabens, no phthalates, no animal cruelty. Like WTF, who needs that anyway ? »

ingrédients bannis remplit la même fonction que les vidéos qui m'engourdissent : elle me rassure, en escamotant une part de la réalité. Comme une berceuse.

Mais si Estate Cosmetics clame haut et fort qu'elle fabrique ses produits « sans WTF », c'est d'abord pour pouvoir se targuer d'être pure, presque propre. Le fard schmoney montre ainsi patte blanche : il est innocent et il n'a causé de tort à personne. Le mal est ailleurs, extérieur, étranger. Les ennemis sont clairement identifiés. Pendant cinq secondes, je pense savoir qui craindre, quoi fuir : les sulfates, les parabènes, les phtalates et les formaldéhydes. C'est oublier que la violence est polymorphe et que l'opalescence des fards vient d'un système qui n'avantage qu'une très petite minorité. Malheureusement pour Estate Cosmetics, le maquillage est loin d'être exempt de what the fuck.

En ligne, on dit que l'intensité du fard schmoney a une longévité qui dépasse celle de ma dernière relation amoureuse. Je ravale le reflux acide dans ma bouche et me réjouis de voir une consommatrice écrire en commentaire : « *wierd* green color. didnt go well with my skin [1]. » L'absurdité ne s'épelle pas.

1. « drôle de couleur. elle ne s'agençait pas à ma peau. »

Puisqu'il modifie notre visage, l'organe central de la « culture selfie », le maquillage est peut-être en voie de devenir la marchandise du siècle. Si cela est exact, alors Estate Cosmetics a raison, la couleur subsistera à toutes mes amours mortes. Elle perdurera à travers mes catastrophes personnelles et celles qui me dépassent, celles qui déchirent la Terre et son vieux cœur qui explose.

Mais le fard schmoney ne se contente pas d'être pigmenté et de vibrer à travers les années ; sa couleur brille grâce au mica, un minéral luisant qui entre dans la composition de presque tous les cosmétiques iridescents. Cette matière d'astre est extraite de mines en Inde, et souvent par des enfants.

Dans un reportage de Refinery29 sorti en 2019 [1], la journaliste Lexy Lebsack se rend jusque dans l'État du

1. Refinery29, *The Dark Secret Behind Your Favorite Beauty Products*, en ligne : https://www.youtube.com/watch?v=IeR-h9C2fgc, consulté le 14 avril 2020.

Jharkhand pour interroger de jeunes mineurs empoussiérés. Ils ont le regard creux, les vêtements couverts d'une crasse à la fois brillante et terne. Contrairement à moi, ces enfants ne perdent pas leurs heures sur YouTube, mais travaillent sept jours sur sept, dans des tunnels exigus, des passages qui menacent toujours de s'effondrer. Là, ils récoltent ce qui me fera scintiller, au péril de leur vie. C'est dégoûtant et pourtant, « it's the first time I've actually seen pretty dirt[1] », déclare la journaliste Lexy Lebsack, les yeux fixés sur la route terreuse qui mène à la mine. Quand j'étais jeune, le mot violence évoquait pour moi un chaos de tripes et de sang, une sorte de massacre à la tronçonneuse. Mais j'apprends que la violence, c'est parfois juste une poudre qui chatoie.

Après avoir regardé le reportage, j'enchaîne avec une autre vidéo YouTube. Je l'ai dit, regarder quelqu'un se maquiller m'apaise. Le processus d'embellissement a quelque chose de satisfaisant, parce qu'il produit un résultat concret. Que l'on couvre un gâteau de fondant ou que l'on maquille un visage, les retombées de ce genre de vidéos sont claires et immédiates, faciles à consommer. La succession linéaire des étapes scandant la transformation me donne un sentiment d'accomplissement, d'unité, de clôture, un petit orgasme médiocre, mais mieux que rien. Pendant une seconde, devant les lèvres parfaitement

1. « Je dois dire que c'est la première fois que je trouve joli ce qui est sale. »

peintes d'une jolie youtubeuse, j'oublie les enfants. J'oublie la mine.

Les vidéos que je regarde sur YouTube sont produites par des gens comme moi, des gens qui ont ce luxe qu'est le temps. Il faut en déduire que le média héberge et diffuse une certaine vision du monde, la vision de ceux et celles, déjà privilégié·es, qui ont le luxe d'avoir du temps. *Time Is Money* n'est pas qu'une formule, c'est aussi le nom d'un fard rose glacé aux reflets métalliques vendu par Kylie Cosmetics. Bien sûr, le web social démocratise la prise de parole. La culture de la beauté, à l'heure du numérique, est autrement plus inclusive que celle de mon enfance, celle que les magazines de ma mère diffusaient et qui ne montrait qu'un genre de femmes : des mannequins trop jeunes, trop maigres, trop blanches. Ceux et celles qu'on tenait systématiquement éloigné·es des représentations couchées sur le papier glacé ont aujourd'hui gagné en visibilité et leurs importantes prises de parole alimentent le discours sur les cosmétiques. Sur YouTube, par exemple, la beauté a désormais la peau noire ou acnéique ; elle peut être grosse, malade ou ridée ; elle a tous les sexes, les genres et les âges. C'est vrai, le web permet à des singularités autrement effacées de se rendre visibles. Mais pour apparaître, encore faut-il sortir du tunnel de la mine.

On trouve du mica dans la palette Conspiracy de Shane Dawson et de Jeffree Star. En fait, le minéral se hisse à la tête de la liste des ingrédients de presque tous les fards de la collection. Son omniprésence ne ternit pourtant pas l'image de la palette. Avant même que cette dernière soit mise en vente, elle était déjà en tête du palmarès des tendances YouTube.

Chaque épisode de la mini websérie publiée sur YouTube qui documente son processus de création a cumulé des dizaines de millions de vues. Sous le coup de l'excitation, un internaute a même écrit dans les commentaires qui légendent la vidéo qu'en regardant le reportage, il a senti son cœur tomber jusque dans son cul. Le capitalisme fait battre mon cœur à moi aussi. Il ne produit pas simplement des biens de consommation. Qu'on se le dise : c'est aussi une formidable machine à émotions.

Pendant un mois, comme tant d'autres, j'ai donc suivi l'aventure des deux partenaires d'affaires en regardant la websérie documentaire. Je les ai vus baptiser des couleurs, conceptualiser des emballages, des logos. J'ai été témoin de leur crise de larmes et d'anxiété dans une salle de conférences de Californie. Ils ont parlé argent, pourcentages, marges brutes et profits, ils ont même prédit rafler 10 millions de dollars en vendant leur nouvelle palette. Ce reportage, savamment poivré de tranches de vie et de chien qui meurt, m'a détournée de mes propres histoires, de mes propres couleurs. « Everyone's following this journey[1] », proclame Star dans un des épisodes, parlant de son coup d'argent comme d'une épopée. Et il n'a pas tort.

J'ai été plus qu'une follower. J'ai débordé de mon rôle, me suis répandue ailleurs. Mon cœur s'est serré devant la vibrance d'une poudre orange censée rendre hommage aux Cheetos, ces célèbres grignotines américaines. J'ai souhaité à Shane et à Jeffree d'amasser 10 millions de profit, je leur en ai même souhaité plus. J'ai pensé qu'en suivant la création de la sainte palette, j'allais moi-même trouver quelque chose, quelque chose comme le fantôme de ma grand-mère Ghislaine. Elle m'apparaîtrait dans un nuage de poudre de petit-lait au goût de fromage pour me dire juste un mot : « tendresse ». Mon épopée à moi aussi serait mythique.

1. « Tout le monde suit l'aventure. »

« Journey, journey, journey », ne cessait d'ailleurs de marteler mon prof d'anglais au lycée. Je n'avais rien compris au *Journey of the Magi*, un poème biblique de T. S. Eliot que le professeur nous citait pour nous faire comprendre l'essence de « la grande littérature ». Je me souviens de cette journey un peu plate, que je prenais pour un simple voyage. Dans le poème, trois rois mages traversent le désert, se laissent désespérément guider par une étoile et s'ennuient à mourir de leurs filles de soie, restées derrière. À l'époque, mon prof prétendait distinguer la vraie poésie de la fausse, la bonne de la mauvaise. Avec sa journey, il m'effrayait : si je n'arrivais pas à m'émerveiller du texte de T. S. Eliot, cela voulait-il dire que j'appartenais au faux ? J'ignorais que le concept d'une poésie fausse existe pour rassurer ceux et celles qui sont terrorisé·es par l'idée de leur propre imposture.

Dans le poème de T. S. Eliot, les trois rois mages finissent par découvrir Jésus, rouge et humide de vie, sur la paille. Mais le narrateur s'étonne alors lui-même de se voir mourir, *this Birth was / Hard and bitter agony for us, like Death, our death*[1]. Car au terme de l'aventure, ce n'est pas seulement un bébé que les rois mages trouvent sur la paille, mais leur propre peau de serpent, comme une mue, une pelure du passé.

Leur journey les a changés.

1. « Cette Naissance était / Une agonie pénible et amère pour nous, comme la Mort, notre mort. »

Voilà ce que je retiens du poème de T. S. Eliot : même lors de la plus petite des traversées, on doit s'abandonner à une transformation inévitable. Moi, je vis des aventures dans mon lit, calée contre mon oreiller en mousse-mémoire, guidée par un désir insomniaque. Parce que je descends mes nuits en youtube, j'ai descendu les épisodes de la websérie de Shane Dawson et Jeffree Star pour suivre la naissance qu'on m'avait annoncée, pas celle de Jésus, mais celle d'une palette de maquillage. J'ai émergé de cette descente sans y avoir laissé ma peau, mais pleine d'un nouvel appétit et d'un attachement irrationnel pour un objet inanimé, volumineux et plastique : une palette de fards. Au fil de cette odyssée, j'ai pris l'objet sous mon aile, comme un animal dont la patte serait cassée. Je l'ai cajolé. J'ai eu l'impression d'avoir joué un rôle dans sa vie.

Dans l'un des épisodes, lorsque Shane décide d'éliminer un fard vert jade de la palette en devenir, j'éprouve quelque part une douleur anonyme. En secret, je baptise alors la couleur disparue en l'honneur d'une amie. Une utilisatrice sur YouTube écrit au même moment : « The unnamed green shade being taken out is so sad [1]. » Je m'endeuille moi aussi de cette nuance sans nom. Je n'ai jamais ressenti ça pour une couleur, encore moins pour un fard à paupières. Qu'est-ce qui m'arrive ? Je me suis plongée dans une histoire et maintenant, on dirait que l'histoire me raconte, qu'elle se superpose à ma vie.

1. « Le fard vert sans nom qui se fait éliminer, quelle tristesse. »

Quelques semaines plus tard, Shane Dawson annonce qu'il vendra des pulls verts qui célébreront la « unnamed green shade [1] ». La couleur a muté, mais poudre ou pull, elle demeure une marchandise.

Puisque j'aimais la palette, j'ai voulu la posséder, la mettre en laisse. Mais pendant que je contemplais les rouages du système, mon foulard s'est pris dans l'engrenage. Moi qui pensais faire de grandes choses, me voilà qui meurs étranglée. *With anti-capitalists like me, capitalism is in no immediate danger*[2], a tweeté l'écrivain canadien Jacob Wren.

En documentant le processus de création de leur collection, Shane Dawson et Jeffree Star ont renversé le modèle traditionnel du lancement de produit[3]. La marchandise ne se conçoit plus dans le secret, mais dans le spectacle. Son idéation, sa production et même sa mise en marché font l'objet d'une médiatisation méticuleuse. Les étapes du processus, transformées en télé-réalité,

---

1. « La teinte verte sans nom. »

2. Je cite un tweet de Jacob Wren du 12 novembre 2019 : https://twitter.com/EverySongIveEve/status/1194325574250090496?s=20.

Avec des anticapitalistes comme moi, le capitalisme ne court pas de danger immédiat.

3. C'est une idée qui est avancée par Andrei Terbea dans sa vidéo *How the Conspiracy Palette SHOOK The Internet*, en ligne : https://www.youtube.com/watch?v=JHMJ-2Y7Xso, publiée le 9 novembre 2019.

deviennent elles-mêmes des marchandises. On ne nous épargne aucun détail, des appels téléphoniques avec les détaillants jusqu'aux marges de profit scabreuses que les deux amis négocient et entendent se partager. Shane et Jeffree font preuve d'une transparence presque monstrueuse, honnêteté qui renforce néanmoins leur image de marque. Les youtubeurs souscrivent ainsi à l'éthos du web social, qui nous voudrait tous authentiques, naturels et #sansfiltre. Ils nous racontent leur coup d'argent en buvant des barbotines et des *root beers*, spontanés, imparfaits et humains. Quand la caméra filme l'intérieur de leurs palaces sens dessus dessous, ils sont trop heureux de pouvoir nous glisser un « excuse the mess [1] » nonchalant. Une fleur pousse au milieu du bordel, une intimité vénéneuse, à sens unique.

1. « désolé pour le désordre ».

Je retourne sur le site de rencontres Seeking-Arrangement. À partir de combien d'heures passées à regarder des tutoriels est-ce que le maquillage devient de la procrastination ? Après combien de clics peut-on dire qu'on s'est approchée de la mort ? Après combien de chansons commence-t-on à être soûle ?

Je vieillis en ligne. Je descends en youtube les rivières de l'Amérique, comme le dit mon T-shirt. La formule de Beach Sloth est aussi le titre de son recueil de poésie paru en 2012. Cette année-là, le poète annonçait l'arrivée de son livre comme Mufasa soulevant Simba dans les airs.

Bienvenue au premier artefact physique de mon existence en ligne, fait de mes propres mains. Avant, ceci était mon corps, mais j'ai fusionné avec Internet pour ne faire qu'un avec lui[1], écrivait-il sur la page de son site internet.

1. Beach Sloth, en ligne : https://www.beachsloth.com/i-want-to-youtube-down-the-rivers-of-america.html, page consultée le 27 mai 2020.

Moi aussi, j'ai fusionné avec le web. Il fait partie de moi, de mes livres. Mon corps est fait de cellules et de pixels, de mots de passe et de likes. Il n'est plus question d'être « en ligne » ou « hors ligne ». Il n'y a pas de ligne. Le monde ne se comprend désormais pas en dehors de l'existence du web social, ce web « 2.0 » dans lequel les utilisateurs et utilisatrices sont appelé·es à générer du contenu. Je me souviens pourtant de mes après-midi d'enfance passés à m'inventer une identité (sexe/âge/lieu), à jouer avec mes avatars sur tous les chatrooms du Québec. J'étais tour à tour un homme, une femme, un petit chat. À cette époque, on pouvait littéralement parler du web comme d'un espace « virtuel », parce qu'il était encore possible de dépasser en partie son identité physique. Aujourd'hui, le web réunit des intérêts privés qui promeuvent une identité stable dans le temps : un seul sexe/âge/lieu. Car que vaudraient des données si elles étaient minées à même des identités fictives ? Changeantes ? Pour générer des informations revendables, il faut que le substrat soit stable, prévisible.

L'éthos du web social, calqué sur celui de la plupart des médias sociaux, rejette l'anonymat au profit d'une parole qui se voudrait authentique. On souhaite que les utilisateurs et utilisatrices s'expriment spontanément et

---

Ma traduction : « Welcome to the first physical artifact of my online existence made by my very own hands. That used to be my body but I have merged to become one with the Internet. »

en leur nom véritable, sans perdre de temps à s'inventer un sexe/âge/lieu. Cet impératif a l'avantage de générer plus de contenu, parce que la spontanéité ne requiert pas d'effectuer un tri laborieux dans l'information qu'on veut partager.

Parallèlement à cette injonction, la vulnérabilité est présentée comme une qualité, et réclamée. On nous encourage à médiatiser nos failles et nos blessures à coups de *FML* et de smileys tristes. On like les visages bouffis de nos amis, ces gens qui, comme nous, font des crises d'angoisse. Ce sont nos épopées du présent, nos #metoo quotidiens. Mes makeup gurus préféré·es éclatent souvent en larmes, ils et elles craquent et divorcent, publient des vidéos prétendant dire toute la vérité, rien que la vérité, titrent même leurs vlogs comme s'il s'agissait de séances chez leur psy. « OPENING UP (vulnerable) [1] », lance la maquilleuse et influenceuse Jaclyn Hill, éclaboussée par un énième scandale. Moi aussi, je me déchire, j'exhibe mes abysses de drunk texts, de crachats, de dettes ou de mère démoniaque. En insistant sur ma vulnérabilité, je donne aux entreprises privées qui se nourrissent de mes gestes une autre façon de me connaître. Elles ont accès à mes zones d'ombre. Elles savent que je trouve ça dur, le mois de février. Vulnerable forever, je m'assure aussi d'être *relatable*, c'est-à-dire « à qui l'on peut s'identifier ». En fait, le web est tissé de « moi aussi ».

---

1. « JE M'OUVRE À VOUS (vulnérable) ».

Chaque semaine, un animal laid et chétif devient la nouvelle coqueluche de mes conversations, la pierre angulaire de mes interactions sociales badines. Souvent, il s'agit d'une bête émouvante, le genre de créature difforme qu'on voudrait tous sauver ou protéger de l'apocalypse imminente. Diaphane jusque dans ses yeux, sa chair hurle de vulnérabilité. Qu'il s'agisse d'un chiot avec une queue dans le front, d'un tardigrade microscopique qui galope dans le vide intersidéral ou d'un rat-taupe nu, nous consommons la vulnérabilité de ces bêtes comme si nous mangions une fraise : c'est une chair tendre, pas trop goûteuse, juste assez rose pour qu'elle nous touche, nous donne le sentiment d'être rose, nous aussi. Ce n'est pas du réel *care*[1] qui nous anime, mais une impression de supériorité. Ces créatures sont des monstres qui ont besoin de notre amour. On se sent humain devant la bête,

1. Le *care* est un concept qu'on traduit parfois par « sollicitude », mais dont le sens est vaste, en ce qu'il peut signifier l'attention, le soin, la prévenance, l'entraide, etc., qu'on a pour autrui.

surtout quand elle est moche, faible, vulnérable et qu'on pense pouvoir la sauver. Oui, il faut prendre ce jeune paresseux dans nos bras, l'aider à traverser la route, sans quoi il pourrait mourir écrasé. Sur YouTube, je regarde une vidéo dans laquelle un humain transporte l'animal lent au pelage couvert d'une verdure d'algues et de bactéries. Je retweete la vidéo.

Le paresseux incarne une vulnérabilité consommable. On reproduit son symbole, corps et visage, sur des tasses, des porte-savons, des rideaux de douche, des chemises et jusque dans la mousse des cafés. C'est une fragilité qu'on peut revendiquer, porter, épingler. Cette chose vulnérable que l'on consomme nous apaise et nous flatte. L'image du paresseux sans défense nous donne l'illusion d'avoir le contrôle sur notre propre vie. On peut s'identifier à sa vulnérabilité, mais on croit pouvoir la transcender, être celui ou celle qui, par-delà le danger réel qui guette l'animal, pourra empêcher l'indicible de se produire et déjouer la mort. Consommer du vulnérable, c'est aussi se berner quant à notre propre puissance, notre soi-disant invincibilité.

La vulnérabilité signale la vie : un corps qui souffre et qui aime. Je tombe amoureuse de ce qui se froisse, de ce qui se brise ou s'effondre. Ce sont les imperfections de mes amant·es qui m'ont d'abord séduite. J'ai pensé pouvoir me glisser à l'intérieur des autres, comme on pénètre dans une cachette secrète. J'ai souhaité descendre en eux, nager dans leurs profondeurs insondables. Le temple de l'amour est une grotte percée de failles par lesquelles s'infiltre la mer. Alors, comme l'écrit l'écrivain italien Antonio Tabucchi, le dieu de l'amour n'est pas un être, mais un son. C'est l'écho éternel de l'eau qui ruisselle pour chuter brusquement [1]. C'est le son de la mer qui se fracasse contre les parois du gouffre.

---

1. D'après une nouvelle d'Antonio Tabucchi, « Hesperides », dans *The Woman of Porto Pim* (trad. de l'italien par Tim Parks), New York, Archipelago Books, 2013, p. 3-10.

« And the image of [the god of Love] isn't an idol, nor anything visible, but a sound, the pure sound of sea water drawn into the temple through a channel carved from the rock and then breaking into a secret

Dans ma vie amoureuse, j'ai donc craqué pour des yeux qui louchaient, une démarche de pingouin, de petits doigts en forme de saucisses, des oreilles en choux-fleurs. J'ai été fière et émue de découvrir l'existence d'anomalies secrètes chez ceux et celles que j'aimais. Ce qui me semblait fragile m'a toujours paru précieux.

Les stars du web le savent et n'hésitent plus à exhiber leurs imperfections. Mieux, elles font de leurs failles la clé de voûte de leur représentation. Shane Dawson, par exemple, conformément à son personnage d'ex-petit gros sympathique, passe son temps à boire des sodas et à être gentil. Célèbre influenceur, millionnaire à 31 ans, il détonne pourtant dans l'univers flamboyant de son associé, Jeffree Star, ce gourou du maquillage aux faux ongles légendaires et aux nombreuses perruques. Dans la websérie qui documente la création de sa palette de fards, Shane arbore systématiquement des T-shirts couverts de poils de chat, une crasse animale qui contraste avec le clinquant et le luxe du monde dans lequel il évolue. Ses défauts ordinaires l'humanisent ; ils le rendent plus proche de nous. Shane n'a ni le port royal ni l'assurance de son partenaire d'affaires. Il semble plutôt

---

pool : and because of the shape of the walls and the size of the building, the sound from the pool reproduces itself in an endless echo [...]. »

Ma traduction : « Et l'image du dieu de l'amour n'est pas une idole ni rien de visible, mais un son, le son pur de l'eau de mer qui s'engouffre dans le temple par un canal creusé dans la roche, puis qui se jette dans un bassin secret : à cause de la forme des murs et la taille du bâtiment, le son se répercute en un écho infini [...]. »

perpétuellement traversé par des émotions qu'il n'arrive pas à contenir. Elles exsudent de son corps douillet, toujours à deux doigts de craquer, tandis que la caméra zoome sur son hoodie Balenciaga zébré de sueur ou sur son visage tout rouge et plein de plaques. Le spectacle qu'il offre est douloureux. On voudrait presque faire cesser cette vision rose, tant elle nous renvoie à notre propre fragilité. Faut-il l'étreindre ? Souffler sur ses yeux ? Acheter la palette ? L'empêcher d'ânonner un énième « omg » ? C'est que Shane Dawson personnifie la chair, cette viande meurtrie et tant caressée, celle qui conserve l'empreinte de l'autre, celle que les fans s'imaginent pénétrer.

L'influenceur joue de son côté fruste comme s'il agitait un drapeau, met en scène une crasse calculée et exhibe sa mauvaise hygiène. Ses petits travers en font un animal totem, un logo : un cochonnet. Sa vulnérabilité devient un produit qu'il décline à l'infini, en vendant son effigie sous diverses formes. Ici, un fard rose nommé Pig-ment. Là, un miroir plastique en forme de porcinet. Au cœur de cette fiction, nous sommes tous ses intimes, ses sisters, ses chéries, ses bitches, ses bff. Le fossé qui nous sépare des influenceurs·euses s'estompe au profit de ce qui nous unit. Nous aussi sommes des porcinets. Alors, ensemble, nous achetons la marchandise en forme de cochon, à l'effigie de Shane Dawson.

Mon oncle m'a raconté qu'à cinq ans, il a pleuré pendant deux semaines quand il s'est rendu compte que l'humain n'était pas fait de saucisson de Bologne, mais de chair, de veines et d'organes, d'étranges machines gorgées de fluides qui s'arrêtent de palpiter n'importe quand. La vie, c'est grand et c'est petit, fragile comme du verre.

Les youtubeurs·euses beauté, ostensiblement vulnérables, contrastent ainsi en apparence avec les grandes entreprises, qu'on imagine redoutables et invincibles. L'autodérision sert à dépolir leur image, c'est-à-dire à donner l'impression d'une persona moins travaillée, plus amateur[1]. Pour fabriquer de l'intime, ils et elles mettent en évidence leurs faiblesses. En admettant *être nul·les pour appliquer leur eye-liner*, ces personnalités publiques nous invitent à l'intérieur de leur grotte souterraine. Les youtubeurs·euses se veulent des ami·es, pas des fictions destinées à nous faire consommer.

On dit que les astronautes qui observent la Terre à partir de l'espace vivent un choc cognitif qu'on a nommé l'« overview effect ». Le voyage spatial, parce qu'il offre un point de vue singulier sur la Terre, mène à une prise de conscience. Au moment où la planète nous paraît tout à coup vulnérable, elle prend vie. On a l'impression de la voir battre, comme un cœur suspendu dans le vide intersidéral. Elle a l'air d'une bille bleue, entourée d'une fine pellicule d'atmosphère, « une couche aussi mince qu'une feuille de papier », précise

1. Giorgia Riboni, « The YouTube Makeup Tutorial Video, A preliminary linguistic analysis of the language of "makeup gurus" », dans *Lingue Linguaggi*, n° 21, 2017, p. 189-205.

l'astronaute Ron Garan [1], qui a pu l'admirer lors de son voyage dans l'espace, en 2008. L'overview effect oblige celui ou celle qui le subit à reconnaître la précarité du monde. De l'espace, on peut même apercevoir les cicatrices qui courent à la surface de la Terre, l'érosion de ses territoires, les frontières tracées sur sa chair quadrillée. Plongé·es dans un état euphorique, les astronautes bouleversé·es se gonflent d'amour, d'empathie et de *care* pour elle. Ce qu'on perçoit comme vulnérable, on l'aime, on en prend soin. Rien de plus agréable que de sentir que, quelque part, quelqu'un ou quelque chose aurait besoin de nous. Le spectacle de la fragilité hypnotise. On dit d'ailleurs que c'est l'activité préférée des astronautes en mission, fixer la Terre de haut et se soûler de ses failles.

1. The Planetary Collective, *Overview*, en ligne: https://vimeo.com/55073825.

L'être vulnérable est prédisposé à devenir mimétique, car on s'identifie facilement à lui. Ce sont nos propres meurtrissures qu'on aperçoit dans sa chair bleuie. Si l'on partage sa vulnérabilité sur les plateformes, c'est qu'on se reconnaît en elle. C'est un moyen de faire signe, de dire aux autres qui on est, et une façon aussi de quémander un geste, une parole, un peu d'attention. Nous aussi cherchons une douceur qui viendrait panser nos plaies. Nous voudrions que quelqu'un, quelque part, prenne soin de nous.

Je suis un chat atteint de nanisme, une fille qui tombe, une chanson triste. Je me présente aux autres par bribes, par pansements. Je tends dans le creux de mes paumes mes plus beaux coquillages, mes tessons de bouteille polis par les vagues, bleus ou verts. Je m'offre par petits bouts, en articles et en chansons partagés, en poèmes et en statuts Facebook. *Prenez, mangez, ceci est mon corps.* Ce sont aux autres de m'assembler, d'enfiler mes perles pour en faire des colliers.

Le spectacle du vulnérable comme son aveu se prêtent aisément au partage. Ils communiquent une faille qui se répète en écho et se retrouve chez les autres. Que quelqu'un se dévoile donne l'envie, à son tour, de s'ouvrir un peu.

Mais la vulnérabilité est aussi une prise de risques. Car se montrer fragile, c'est risquer de souffrir à nouveau. Et c'est tant mieux. Sans cette éventualité, on se prive de celle d'être heureux·se. Il faut accepter de s'exposer au couteau, celui que quelqu'un pourrait vous planter là où ça fait mal pour farfouiller dans l'histoire ancienne jusqu'à en distendre la plaie.

Mon amour je ne guérirai jamais / si tu me fourres dans ma blessure, a écrit quelqu'un, citant la poète québécoise Josée Yvon, sur le mur des toilettes des filles, dans un bar de poètes, rue Saint-Denis, à Montréal.

Qu'est-ce que c'est, fourrer une blessure ?

Guérir vient du germanique *warjanan* qui signifie « protéger ». Bien, mais je ne sais pas comment me forger un bouclier. Alors, j'achète. Je commande des boucles d'oreilles du Japon et un nouveau crayon pour mes yeux, de la couleur de la lune. Je l'ai dans les yeux, cet astre qui n'existe que pour ceux et celles qui s'y perdent ; les lunatiques.

Après, je suis là, avec mes yeux satellites, à guetter des textos qui n'arrivent pas. À écrire des livres dans ma tête, pour dire à mon amour qui je suis, ou à partager sur mes plateformes la photo d'une petite bête (un ours qui fait la moue ; un pingouin rejet ; un animal en manque d'amour), pour dire encore que je suis vulnérable.

Blessure est un mot dérivé de « meurtrir », lui-même issu du francique *murthrjan*, pour « assassiner ». *Mon amour*, je ne cesse de me chercher un assassin. Quelqu'un a écrit ma béance avec un feutre, sur les murs des toilettes des filles, dans un bar de Montréal. Je croyais être passée à autre chose, mais dix ans plus tard, je me lèche encore la même plaie.

Je pense au sociologue, aux sugar daddies.

Je me demande si ça se voit que ma lingerie n'a servi qu'une seule fois. Elle a juste fini par terre. Une dentelle fatiguée d'être. Je laisse le premier venu me blesser, me rougir, me changer. Trop vulnérable.

C'est la seule chose qui me rend fière.

On utilise la vulnérabilité comme une preuve de bonne foi, le sceau de notre vérité individuelle. Je suis vraie, parce que disposée à souffrir, mortelle, friable.

Les imperfections du personnage de Shane Dawson contribuent à faire de lui un être sympathique, parce que profane. Il est *relatable*, commun, lambda. Crédible, humain, 100 pour 100 vrai et authentique, de cette authenticité aussi vide qu'on la voudrait pleine. Il suffit d'en parler pour faire naître un doute sur la nature des choses qui nous entourent, pousser autrui à débusquer l'illusoire [1]. Ainsi, quand on taxe quelqu'un d'authentique, on souligne aussi son pendant contraire : l'être phony ou faux, « fauné », comme dirait mon amie Marie-Audrey. Mais le réel, le vrai, le faux sont autant de catégories dont la définition est flottante et vague.

1. Voir à ce propos les essais de Rob Horning, qui sont résumés dans « Mass Authentic », *The New Inquiry*, en ligne : https://thenewinquiry.com/blog/mass-authentic/, publié le 20 décembre 2016.

Ce sont des mots récupérés à outrance, usés. Ils circulent et s'accrochent à nos membres, à nos bras. On les brandit comme des sacs à main Chanel, la métonymie d'un luxe qui n'est pas nécessairement coûteux à produire, mais qui est reconnaissable à son logo.

Dans sa minisérie YouTube, Shane Dawson se dit la victime d'une série d'injustices. L'influenceur n'aurait jamais su faire fructifier pleinement sa visibilité, ses quelque 23 millions d'abonné·es YouTube. Il est authentique, c'est-à-dire naïf, si pur qu'il n'anticiperait pas l'appétit vorace de ses partenaires d'affaires, de grands carnassiers. On se joue de lui, car lui ne sait pas jouer. Incapable d'évaluer correctement son capital symbolique, de voir à quel point il est aimé, on lui aurait souvent proposé des marchés défavorables qu'il aurait acceptés de bon gré. À en croire Jeffree Star, si Shane avait su s'estimer un peu plus en tant qu'influenceur, à l'heure qu'il est, le millionnaire ne posséderait pas une, mais trois maisons.

Dans cette histoire, tout se passe comme si l'injustice ne traduisait pas un écart de richesse, mais une richesse insuffisante, une richesse qui aurait pu… mais qui n'a pas su s'épanouir et atteindre son plein potentiel. La mise en marché de la palette de fards Conspiracy serait son premier partenariat d'affaires équitable. *The real deal.* Cette palette, c'est la marchandise capable de remettre les pendules à l'heure et de rétribuer Shane Dawson à sa juste valeur. En l'achetant, on se range du côté des vrais, des imparfaits, des victimes.

Shane n'est pas un *player*, c'est un homme qu'on peut lire comme un livre ouvert. Sans cagoule ni masque, il est ici pour dire la vérité de sa bouche d'enfant. Il incarne la transparence. Comme le souligne l'épisode II de la websérie, *The Secrets of the Beauty World*, le youtubeur n'a pas seulement l'intention de vendre du maquillage, il souhaite aussi lever le voile sur un pan caché de l'industrie. Il n'est pas de ceux qui camouflent, mais de ceux qui exposent, qui s'exposent. C'est un justicier.

Au moment où la palette tombe en rupture de stock, des revendeurs révisent leur offre et gonflent leurs prix, jusqu'à les fixer au triple du prix original. Sur Instagram, Jeffree Star tente de dissuader ses fans de faire affaire avec de tels scalpeurs. Il faut patienter jusqu'au réapprovisionnement des stocks, dit-il, donner son argent à Shane, parce qu'il le mérite. Il a travaillé tellement fort sur cette palette, plaide-t-il. L'acheter n'est plus un acte de consumérisme, c'est une preuve de droiture. Il faut récompenser celui qui a peiné. Encore mieux, il s'agit de lui faire justice. Rendons ses trois maisons à Shane !

Oui, sauf que tandis que de jeunes consommatrices dilapident leurs 52 dollars américains durement gagnés pour aider Shane, le fossé des disparités se creuse et le noble désir d'équité devient gris-vert. Les plus riches s'enrichissent, leurs maisons s'empilent les unes sur les autres, elles se meublent, s'agrandissent et se piscinisent, se multiplient par trois. Il y a des machines à café, des pianos et des tapis, des photos sur le manteau de leur cheminée. « Excuse the mess », susurrent-ils en peignoir, au sortir de leur lit. Moi, je regarde les couleurs des fards de la palette Conspiracy, mes propres couleurs, mes petits maux, mes quelques plantes séchées, puis mon cœur saigne. Peut-être que je ne mérite rien, pas même une maison sur mon dos.

Vouloir rétablir l'ordre du monde en donnant son argent aux plus riches paraît étrange, absurde. Les pauvres s'appauvrissent et des enfants continuent de travailler dans les mines en Inde. Moi, je hausse les épaules, comme l'emoji shruggie. Après tout, participant aux logiques du capitalisme, j'habite et j'entretiens le même paradoxe.

¯_(ツ)_/¯

Je lis dans mon livre de biologie que *si l'on enferme une guêpe avec une larve, sans aucune nourriture, la guêpe mord la partie postérieure de la larve et l'offre à la partie antérieure en guise d'aliment*[1].

1. C. Roux de Bézieux, *Les Merveilles de la vie*, Paris, Éditions des Deux Coqs d'Or, 1962, p. 124.

Ceux et celles qui jaugent les objets en fonction des jours et des heures de travail nécessaires pour les acquérir connaissent la valeur de l'argent. S'il en coûte 52 dollars américains d'acheter la palette Conspiracy, alors aux États-Unis, elle coûte un peu plus de sept heures de travail au salaire minimum, soit un lever sombre inauguré par le choc brutal d'un réveille-matin, *Marimba ou whatever le nom de la sonnerie*[1]. Elle coûte une fraction d'inacceptable, car chaque réveil forcé est un couteau qu'on se plante soi-même dans son dos, un coup porté à son corps, ce corps qu'avec le temps, on a désabusé de nous.

Certain·es doivent faire taire ce que leur dit leur chair, ignorer ce qu'elle crie pour aller bosser, pointer son temps chaque jour à la même heure pour un salaire à peine suffisant. Ce sont ces corps que l'essayiste québécois

1. Tara-Michelle Ziniuk, « Rétrograde », dans *Whatever, un iceberg* (trad. de l'anglais par Daphné B.), Montréal, Triptyque, 2019, p. 90.

Alex Noël met en lumière, dans son reportage « Les Femmes invisibles », qui retrace le parcours d'ouvrières de l'ancienne usine Fruit of the Loom, à Trois-Rivières.

« Il fallait les voir "affluer" vers la *shop* dans le petit matin. Six cent cinquante filles se dirigeant vers la Fruit of the Loom pour le chiffre de 7 h 30, six cent cinquante filles dans les petits matins de canicule ou ceux, gris, de novembre ; six cent cinquante filles bravant les matins de tempête parce que l'usine ne fermait jamais tant qu'il y avait des rouleaux de coton à couper, des chandails et des bobettes à coudre et à expédier [1]. »

Pour s'acheter la palette de fards Conspiracy, cela se paye en mépris, en silence, en effacement de soi. Mais une fois fardée, la partie mordue de la larve recouvre un semblant de dignité. Maquillée, elle brille à nouveau, reprend possession d'un morceau d'inacceptable. Son corps trop souvent ignoré, becqueté, bouffé, luit. Elle connaît la valeur de l'argent. Ce qu'elle met sur ses paupières, c'est 7,17 heures de sa vie.

1. Alex Noël, « Les Femmes invisibles », dans *Liberté*, n° 317, 2017, p. 62.

Time is Money pour tout le monde, mais pas de la même manière. Un peu moins de dix secondes, c'est le temps qu'il faut à Kylie Jenner, celle qui prétend être la plus jeune « self-made » milliardaire au monde, pour empocher 52 dollars américains [1]. Un instant fugace, transitoire, un météore dans le ciel de L.A.

Un peu moins de dix secondes, c'est le temps pour Kylie de sentir son visage s'empourprer, lorsque la fulgurance d'une petite honte enfouie depuis l'enfance revient et la frappe. Personnalité de télé-réalité américaine et

1. Selon cette source, Kylie ferait 19006 $/h : Briana Trusty, « How Much Money Kylie Jenner Really Makes in a Day », *Nicki Swift*, en ligne : https://www.nickiswift.com/169811/how-much-money-kylie-jenner-really-makes-in-a-day/, 11 octobre 2019.

Selon cette source, Kylie ferait 19007 $/h : Katie Warren, « It Takes Kylie Jenner Just Over 2 hours to Make As Much Money As the Average American Makes in a Year », *Insider*, en ligne : https://www.insider.com/kylie-jenner-earns-median-us-salary-in-just-over-2-hours-2018-8, 8 août 2018.

membre du clan Kardashian, la starlette n'est pas parfaite ; depuis longtemps, elle a honte de ses lèvres qui manquent de galbe. Un jour, après ce que j'imagine être un gros baiser avec la langue, le commentaire maladroit d'un garçon vient confirmer son complexe. Il lui dit qu'il était loin de penser qu'elle embrassait bien, puisqu'elle a de petites lèvres.

Il n'en faut pas plus pour que Kylie se trouve laide et indésirable. Les lèvres, organe érotique par excellence, font allusion aux autres lèvres, celles de la vulve. D'ailleurs, lors de l'excitation sexuelle, ces dernières se gorgent de sang, elles s'empourprent. Ainsi, le rouge à lèvres fait signe. Il parle à demi-mot d'une ouverture différente, d'une autre bouche. Il présage la jouissance sexuelle.

En dénigrant ses lèvres, l'amant de Kylie a-t-il porté atteinte à son statut, sa valeur de personne sexuée ? L'a-t-il ravalée au statut de petite fille ? Chez la femme cis, celle dont l'identité de genre correspond à celle qu'on lui a assignée à la naissance, les lèvres de la vulve ont un pouvoir, celui de procurer du plaisir à leur détentrice. Elles représentent une forme d'indépendance. La vulve est un organe auto-érotique (et non pas défini par le manque et l'envie du pénis, comme le voudrait la théorie psychanalytique classique). La philosophe belge Luce Irigaray avance même que *la femme [cis] se touche tout le temps, sans que l'on puisse d'ailleurs le lui interdire, car son sexe est fait de deux lèvres qui s'embrassent continûment. Ainsi, en elle, elle est déjà deux [...] qui se baisent*[1]. Ne pas bien embrasser serait la traduction, le signe d'une certaine frigidité, car celle qui ne sait pas embrasser l'autre ne sait pas s'embrasser elle-même ; elle ne sait pas s'aimer.

Revenons à Kylie et à ses petites lèvres. La honte pousse la star Instagram à recourir à des injections, et ce, dès un très jeune âge. Là encore, la faille se creuse. Comme nous, Kylie souffre. Elle cherche l'amour, à commencer par l'amour qu'elle devrait avoir pour elle-même. C'est rassurant de penser que personne ne se considère jamais suffisant. Cela permet d'envisager son humanité autrement, comme une qualité imparfaite, mais partagée par tous. Car au fond, *qui ne s'est pas demandé, à un instant ou à un autre : suis-je un monstre ou est-ce que c'est ce que signifie être humain*[2] *?*

Pour répondre à la honte, Kylie s'injecte et se dessine une bouche pulpeuse à l'aide de crayons à lèvres. Très vite, ses lèvres gonflées fascinent ses millions d'abonné·es Instagram. Partout dans le monde, sa bouche devient un objet de convoitise autant que la cible de moqueries. On

1. Luce Irigaray, « Ce sexe qui n'en est pas un », dans *Les Cahiers du GRIF*, n° 5, 1974, p. 54.

2. Clarice Lispector, *The Hour of the Star* (trad. du brésilien par Benjamin Moser), New York, New Directions, 1992, p. 15.

Ma traduction : « Who has not asked himself at some time or other : am I a monster or is this what it means to be a person ? »

ajoute le terme « Kylie lips » au *Urban Dictionary* pour désigner un phénomène curieux : « When your lips are suddenly so big. » L'expression désigne une mutation brusque. Elle fait penser au tour de magie du lapin sortant du chapeau. Mais cette métamorphose est réversible et éphémère. Au bout de quelques mois, l'effet s'estompe et une nouvelle injection est nécessaire.

En 2015, tirant profit du buzz autour de sa bouche pulpeuse emblématique, la starlette commercialise des duos de crayons et de rouges à lèvres qu'elle nomme ses *Lip Kits*. Parce que Kylie dit avoir fondé sa marque à partir d'une blessure personnelle, elle prétend faire l'acte le plus authentique de sa vie[1]. Un des visages de l'authenticité s'incarne ainsi dans la haine banalisée que l'on se voue.

Kylie réifie les spectres qui la traversent, les transforme en maquillage, puis en argent. En retour, cette fortune nous semble vraie, acceptable, car elle exsude d'une faille, d'un sentiment d'inadéquation, commun à tous et à toutes. On ne peut qu'admirer ce pari ambitieux et s'identifier au sentiment bien trop humain de ne jamais se sentir suffisante. La femme d'affaires n'ignore pas la formule de Leonard Cohen : *il y a une fissure, une fissure*

1. Zoe Weiner, « Kylie Jenner Opens Up About Her Lips Injections and Starting Kylie Cosmetics », *Teen Vogue*, en ligne : https://www.teenvogue.com/story/kylie-jenner-lip-insecurity-kylie-cosmetics, 2 mai 2018.

dans tout; c'est ainsi que la lumière peut entrer[1]. Mais surtout, elle sait qu'on peut faire fructifier cette fissure en générant de l'authenticité, une magie floue et ô combien lucrative! Et la lumière, chez elle, a la couleur gris-vert du cash.

1. Citation tirée des paroles de la chanson *Anthem*, de Leonard Cohen.

Ma traduction: « There is a crack in everything (there is a crack in everything) / That's how the light gets in. »

Le maquillage reproduit la blessure, la met en scène et mime une dissolution. Quand on se rougit les joues, quand on se maquille les lèvres, on rejoue notre fragilité, notre capacité à nous laisser altérer par ce qui nous entoure. Car les joues rosies, irriguées de sang, trahissent le trouble que provoque le contact de l'autre, crient sa présence sur notre peau. Notre visage empourpré signale la gêne, la honte, l'excitation, la colère. Le sang afflue à la surface d'une carnation pâle et dévoile une perte de contrôle momentanée. On ne maîtrise plus notre corps, qui se met à parler malgré nous. La journaliste Zoë Hu écrit : *La mort, le pouvoir et, bien sûr, le sexe — le rouge qui monte aux joues s'infiltre partout. Comme avec les pleurs ou les évanouissements, il est la promesse d'un corps qui se désintègre, un corps qui va jusqu'à nous contraindre à révéler certaines vérités physiques*[1]. N'est-ce pas un drame de se

1. Zoë Hu, « Beauty Truly Blent », *Believer Mag*, en ligne : https://believermag.com/beauty-truly-blent/, publié le 2 décembre 2019. Merci à Tiphaine Monange pour le partage de l'article.

dissoudre un peu, de changer au contact de l'autre ? Moi, c'est le drame qui me constitue et me façonne. C'est le drame qui me permet encore d'aimer. En me maquillant, je souligne ainsi ma vérité : je suis vulnérable. Et comme dans la chanson, je clame : *Guess what, I am not a robot*[1].

On exige cette vulnérabilité de nos influenceurs·euses favori·tes. On veut des makeup gurus vulnérables et craqué·es. On cherche des vases ébréchés auxquels s'identifier. Ainsi, je ne souhaite pas juste que Tati me montre comment me maquiller, qu'elle me dise quoi acheter. Je désire qu'elle chante en faussant, qu'elle pleure, qu'elle parle de son endométriose, de ses querelles, qu'elle se confie sur ses erreurs de jeunesse. Je veux qu'elle tisse le lien invisible qui me relie à elle avec ses drames.

Si j'achète sa palette de fards à 48 dollars américains, ce n'est pas parce que je n'ai plus de couleurs à me mettre, mais pour proclamer mon allégeance à cette reine de mes heures perdues, encourager sa vulnérabilité ostentatoire, louer l'humanité qu'elle m'offre. Je veux la soutenir jusque dans le puits noir de ses ratés, ses vidéos montrant sa face cernée et ses moments durs. Je suis là. J'achète. Je suis avec elle, parce que son spectacle est réel.

Ma traduction : « Death, power, and, of course, sex – the blush seeps into all. As with weeping or fainting, it holds out the promise of a body that undermines itself, that can overwhelm a person into revealing certain physical truths. »

1. Référence à la chanson « I Am Not a Robot », de Marina and the Diamonds.

Il y a dix ans, l'avènement d'Instagram[1] a restructuré en profondeur la notion de vedettariat. Des personnes ordinaires ont su atteindre un niveau de célébrité autrefois réservé aux grandes vedettes, en devenant leur propre paparazzo. Parmi elles se trouvent les influenceurs·euses, ces gens éminemment visibles qui tirent profit de leur capital culturel et s'affilient à des entreprises, afin de promouvoir des produits sur les plateformes.

Le pouvoir de persuasion des influenceurs·euses dépend du sentiment de proximité et d'intimité développé avec leurs abonné·es. Accessibles, ils et elles ne sont toujours qu'à un tweet ou un like de distance. En se voulant proches de nous, ils et elles abolissent la distance infranchissable qui séparait autrefois la star de ses fans. Proches comme dans le nom latin *propeanus*, près, ou prochains, comme si la prochaine à parler de rouges à lèvres devant la caméra, c'était moi. Quand je regarde des vidéos YouTube, je me projette aussi, c'est mon avenir fantasmé que je consomme.

Exit les tabloïds où l'on épiait autrefois les stars démaquillées, en larmes, soûles ou détraquées, arrachées aux coulisses de leur propre vie. Fini le temps où on se régalait du spectacle de leur laisser-aller et où l'objectif capturait leur dérapage momentané. La journaliste Amanda Hess, plume célèbre du *New York Times*, rappelle néanmoins

1. En 2010.

qu'Instagram est régi par une esthétique du contrôle. Les influenceurs·euses évoluent dans une réalité très différente, où l'image qu'on laisse filtrer est manipulée et maîtrisée[1]. Même leur vulnérabilité explicite est habilement mise en scène.

Que l'on partage l'image d'un monceau de varech ou d'un visage parfaitement maquillé, c'est toujours nous qui décidons de ce que nous laissons voir de nous-mêmes aux autres.

1. Amanda Hess, « When Instagram Killed the Tabloid Star », *The New York Times*, en ligne : https://www.nytimes.com/2019/11/24/arts/celebrity-instagram.html, publié le 24 novembre 2019.

Les influenceurs·euses exercent la même force d'attraction que les personnages de télé-réalité. Ils et elles en sont la version multiplateforme, l'évolution pokémon. En répondant volontiers au dictat de l'authenticité, ils et elles nous permettent de développer un lien d'appartenance beaucoup plus personnel avec les produits que l'on consomme.

Ce mode d'attachement contraste avec la méfiance que l'on entretient aujourd'hui envers les grands conglomérats, ces groupes industriels qui ne possèdent ni voix ni visage. Leur identité lisse et impersonnelle s'inscrit aux antipodes de la chair poreuse des corps rayés de cicatrices des influenceurs·euses que je peux rattacher au mien. On situe l'authenticité dans l'imparfait, dans ce qui peut être meurtri ou malade, ce qui porte la trace des années, l'empreinte des coups. En fait, on mesure l'authenticité en la ramenant toujours à soi, en jugeant l'autre à l'aune de ses propres blessures. Les conglomérats, eux, jouissent d'une image quasi invulnérable. Je me les figure invincibles, inhumains. Ils se dressent dans le ciel, en panaches de fumée et en rictus d'acier. Je les imagine tailler le poumon de ma grand-mère Ghislaine. Arsenic, plomb, dioxyde de soufre. Je ne vois que la distance qui me sépare d'eux.

Le discours des affaires est d'ailleurs truffé de métaphores conceptuelles comparant l'économie à une machine hydromécanique[1], et non au produit du labeur de milliers d'êtres humains. On écrit par exemple que cette dernière *repart*, qu'elle *surchauffe* ou qu'elle *tourne au ralenti*, comme un moteur. On parle de *flux financiers*, de *liquidités*, de *versements* et de *gels*, comme si une eau sacrée circulait à l'intérieur du système économique. Ainsi, on efface habilement le corps humain, on invisibilise les êtres de chair et d'os qui, par leurs actions et leurs décisions, ont une incidence directe sur l'économie. Comme l'écrit Pier-Pascale Boulanger : « Il n'y a ni machine ni moteur, mais plutôt des agents qui poursuivent des intérêts matériels et existent dans des rapports de force [...][2]. » Cette chosification du secteur financier profite à l'idéologie néolibérale, en ce qu'elle nous fait croire à un système économique qui fonctionnerait indépendamment de notre volonté et de nos choix, presque naturellement, comme une rivière cascade sur les rochers. Si ce vocabulaire a contribué à détacher l'économie de l'humain, il nous a aussi permis de nous forger un imaginaire où les sociétés

---

1. Pier-Pascale Boulanger, « L'argent est de l'eau. La machine de Phillips », *Observatoire du discours financier en traduction*, en ligne : http://odft.nt2.ca/blogue/l'argent-est-de-l'eau-la-machine-de-phillips, publié le 8 mai 2017.

2. *Ibid.*

paraissent dissociées du corps, de ses blessures et de ses vulnérabilités. Déshumanisées, elles perdent toutefois leur pouvoir d'attraction et de persuasion. Elles ne sont plus *relatable*, ne se comparent pas à notre amie, notre grand-mère, ou ce pauvre paresseux qu'on voudrait tant aider à traverser la rue. Ces entreprises apparaissent plutôt comme des entités informes et gigantesques, à l'instar de LVMH Moët Hennessy Louis Vuitton, une firme avec un portefeuille comprenant plus de 70 marques de prestige. Pour se redonner un visage, ces mastodontes ont avantage à collaborer avec des influenceurs·euses, dont ils prennent la voix, le corps, l'aspect.

Dans l'industrie de l'influence, l'acte de consommation s'envisage dès lors comme un geste fédérateur et intime. Plus qu'un produit, c'est une personne en chair et en os qu'on achète, une présence. La demande est nourrie aussi longtemps que le lien affectif perdure, car l'amour que l'on voue à quelqu'un est sans limites, contrairement à l'amour que l'on voue à quelque chose, qui n'est jamais plus qu'une flèche à sens unique. On soutient celui ou celle qu'on perçoit comme un·e ami·e, mais on rejoint également la communauté que cette personne réunit et dit aimer. On intègre une famille. C'est ce que les makeup gurus ne manquent jamais de nous rappeler, grâce à des formules répétitives et idiosyncrasiques, du « Hi, How are ya ? » de Jeffree Star au « It's your girl, Jackie Aina ! » en passant par le « Hi sisters ! » de James Charles, dont la sororité est devenue marque de vêtements, au nom de *Sisters Apparel*. Tirer profit d'un lien sororal pour vendre ne date pas d'hier. Vers la fin du 19e siècle, les entreprises de cosmétiques avaient l'habitude d'exploiter l'imaginaire de la famille et s'adressaient à leurs client·es comme à des sœurs ou des amies [1]. Une certaine Madame Yale, entrepreneure à succès née en 1852, se disait ainsi chargée d'une mission sacrée, celle non pas de vendre, mais de *partager* avec ses « sœurs de misère [2] » le produit miracle qu'elle avait elle-même inventé, en constatant sa peau terne et ses joues creuses. Aucun médecin n'avait su la traiter. Et Madame Yale avait dû chercher seule la solution, un produit miracle qu'elle confiait depuis à ses sœurs de misère. Dans ses brochures, elle encourageait ses clientes à se confier. *Tell me all, everything* [3], vos bobos, vos bons coups, vos moments sombres à vous. La vente par correspondance ainsi réinventée prenait la forme d'un échange de lettres intimes. Ce jeu d'appel et de réponse a été repris dans l'industrie de l'influence. Les appels à la participation des influenceurs·euses, qui sollicitent systématiquement l'engagement de leurs fans le traduisent. Pas une vidéo qui ne s'achève sans un petit *y'all will tell me what you think in the comments* [4].

---

1. Kathy Peiss, *Hope in a Jar, The Making of America's Beauty Culture*, Philadelphie, University of Pennsylvania Press, 1998, p. 82.
2. Emmeline Clein, « Madame Yale Made a Fortune With the 19th Century's Version of Goop », dans *Smithsonian Magazine*, en ligne : https://www.smithsonianmag.com/history/madame-yale-fortune-19th-century-goop-180974153/, publié en mars 2020.
3. Kathy Peiss, *op. cit.*, p. 82.
4. « Dites-moi ce que vous en pensez dans les commentaires. »

Au tournant du 20e siècle, des entrepreneures du secteur de la beauté comme l'Afro-Américaine Madam C. J. Walker, première femme self-made millionnaire de l'Amérique [1], ont dû travailler en marge du commerce de détail, parce que leur genre et la couleur de leur peau ne leur permettaient pas d'accéder facilement à un réseau de distribution traditionnel ni d'intégrer les grandes surfaces, réservées aux marques établies, dirigées par des hommes blancs [2]. C'est donc en faisant du porte-à-porte que Madam C. J. Walker a d'abord développé des techniques de marketing relationnel qui lui ont permis de bâtir un véritable empire cosmétique. La femme d'affaires, activiste politique, féministe noire et philanthrope, a aussi fait de sa communauté la clé de voûte de son succès, tissant des liens de chair et de présence avec d'autres femmes, pour mettre ses produits sur le marché. Elle a également formé elle-même des milliers de colporteuses et a permis à un grand nombre d'entre elles d'accéder à l'indépendance économique.

Ce que plusieurs entrepreneures femmes du début du 20e siècle nous enseignent, c'est que le marché des cosmétiques, alors en pleine éclosion, a été l'un des premiers secteurs à mettre en avant des techniques de vente basées sur les liens sociaux, les conseils « d'amies », le soutien mutuel et le *care*. Je ne peux m'empêcher de voir dans la figure

1. Anonyme, « First Self-Made Millionairess », *Guinness World Records*, en ligne : https://www.guinnessworldrecords.com/world-records/first-self-made-millionairess, page consultée le 28 mai 2020.

2. Kathy Peiss, *op. cit.*, p. 72.

de la colporteuse, comme Madam C. J. Walker, une sorte de proto-influenceuse. Capable de donner une dimension affective et sociale à la vente de marchandises, de livrer conseils et témoignages, cette visiteuse était perçue comme un pair davantage que comme une vendeuse. À l'instar des influenceuses Tati, Jackie Aina, Sananas ou encore Makeup Kristi, qui s'adressent à nous via nos écrans personnels, et nous atteignent jusque chez nous, dans le confort et l'intimité de nos demeures, la colporteuse allait trouver les femmes là où on les avait confinées : à l'intérieur des maisons. Elle faisait le pont entre les consommateurs·trices et les entreprises sans visage. On pouvait lui parler de nos boutons, de nos joues creuses ou de nos problèmes de cheveux. En retour, elle nous donnait l'impression, réelle ou fictive, de vouloir prendre soin de nous.

Qui prenait soin de ma grand-mère Ghislaine ? Amoureuse d'un foreur au diamant qui partait travailler plusieurs mois au Népal, elle s'occupait seule de ses trois enfants. Dans une lettre, il lui parle de voyage en chariot à bœufs, de rhinocéros blancs, de tigres géants, de singes. Il lui raconte qu'il a dû traverser une rivière sans pont et que dans la jungle épaisse et feuillue, *il y a des fleurs grosses comme [son] sèche-linge*. S'il clôt toutes ses missives par des baisers, il a fini par ne jamais revenir. Quand le cœur de ma grand-mère s'est brisé, qui a pris soin d'elle ? J'aimerais retourner dans le passé, sonner chez elle, pour que, pendant une heure, elle oublie « son sèche-linge ». Je lui parlerais de maquillage, peut-être de poésie. Je lui montrerais comment se dessiner les sourcils.

Aujourd'hui, le travail des influenceurs·euses est souvent moqué, ou il n'est tout simplement pas reconnu comme du travail. Cela s'explique peut-être par le fait que le fruit de leur labeur est immatériel : ils et elles génèrent des émotions. Les retombées de l'influence, cette activité invisible et féminisée [1], demeurent difficiles à cerner. Le flou qui entoure ce nouveau secteur de l'économie précarise les travailleurs·euses, qui ne bénéficient d'aucune protection réelle. Certes, beaucoup ne sont pas à plaindre et empochent des sommes d'argent astronomiques. Mais le marché de l'influence ne se résume pas à Kylie Jenner. Puisqu'il mêle des stars à des micro voire des nano-influenceurs·euses (avec moins de 5 000 abonné·es), il est

1. Le travail affectif (à ne pas confondre avec le travail émotionnel, qui concerne la gestion de ses propres émotions) a historiquement été accompli plus souvent par des femmes. Il vise à générer des émotions chez les autres ou à modifier l'expérience émotionnelle d'autrui. Ce type de labeur occupe une place grandissante au sein de l'économie, notamment dans la sphère numérique (où on cherche par exemple à retenir l'attention des internautes).

facile d'imaginer comment il peut mener à l'exploitation de populations vulnérables, surtout lorsqu'on sait qu'il n'y a ni consensus ni transparence quant aux rémunérations accordées. Si la position dont certain·es influenceurs·euses jouissent est enviable et souvent lucrative, elle reste fragile et peut être défaite par un scandale qui fera perdre à l'intéressé·e des dizaines de milliers d'abonné·es. La nature instable de leur travail tient aussi au fait qu'il a lieu sur des plateformes privées, comme Instagram ou Twitter. Les influenceurs·euses sont à la merci de facteurs externes et dépendent d'algorithmes et de produits numériques qui changent au gré de décisions unilatérales. Leurs emplois s'inscrivent dans ce que le sociologue Zygmunt Bauman appelle notre « modernité liquide » : un réel glissant, qui, comme un corps liquide, se déforme lorsqu'il est soumis à la moindre force extérieure. Soudain, il peut se renverser, couler, gicler par terre. Les emplois de nos idoles sont aussi incertains que le type de relations que vante le site de sugar daddies : no strings attached. On veut des babes à payer en liquide, des histoires pluviales et sans lendemain.

La relation affective entre influenceurs·euses et influencé·es repose elle aussi sur un lien qui menace sans cesse de se rompre. Si n'importe quelle relation intime peut vite tourner au vinaigre, l'influenceur·euse s'appuie sur le lien de confiance qu'il ou elle noue et cultive avec ses fans. Ce lien de confiance tient à l'authenticité affichée de la vedette. Lorsque des scandales éclatent, c'est cette qualité-là qui sera pointée comme mensongère. Il n'est pas rare que les influenceurs·euses et leurs abonné·es décident de fouiller le passé de leurs rivaux, à la recherche de tweets racistes ou autres déclarations incriminantes, afin de dévoiler la trahison, d'apporter la preuve de l'inauthenticité de la personne visée. Ces trouvailles archéologiques deviennent des armes pour couvrir leurs adversaires de honte et instiller la méfiance à leur égard. Devant ces fragments rapportés, ces incohérences identitaires qui ne correspondent pas à l'image publique du ou de la makeup guru, les fans doivent se rendre à l'évidence : cette personne qu'ils et elles aiment à travers leur écran, ils et elles ne la connaissent peut-être pas vraiment.

Le 12 juin 2019, Jaclyn Hill, une makeup guru de la communauté beauté, publiait une vidéo d'excuses cumulant plus de 6 millions de vues sur YouTube. Elle tentait d'y clore la vive controverse survenue quelques jours plus tôt au sujet de sa gamme de rouges à lèvres *So Rich*, premier produit de sa marque personnelle, Jaclyn Cosmetics. La starlette s'exprimait devant la caméra sans fards, le visage nu, comme pour prouver sa bonne foi.

Ce « no-makeup makeup look » ou look sans maquillage répondait à la règle désormais tacite du célèbre « apology video », dans lequel un·e influenceur·euse s'adresse à son public et professe des excuses pour une offense commise, en espérant rétablir sa réputation et conserver la loyauté de ses abonné·es. L'absence de maquillage performe une parole voulue « sincère », parce que dénuée d'artifice manifeste. Moins il y a de filtres, plus on devrait se sentir proche de la personne qui parle.

Jaclyn Hill semble incarner la girl-next-door : fille ordinaire par excellence, elle a grandi sur une ferme de l'Illinois avant d'épouser son amour de lycée, puis de travailler dans un magasin de la marque cosmétique MAC et de se faire connaître grâce à sa chaîne YouTube. Mais que reprochait-on, au juste, aux rouges à lèvres de Jaclyn Hill ?

Durant le lancement de la fameuse gamme, de nombreux·ses consommateurs·trices se sont plaint·es de la qualité des rouges à lèvres : trous noirs, texture grumeleuse, fibres et particules de plastique encastrées dans la matière, poils et odeur douteuse. Cela peut sembler étonnant, surtout quand on sait que Jaclyn Hill a mis plus de cinq ans à parfaire la formulation de ses rouges à lèvres. En pleine crise de relations publiques, la youtubeuse a répondu aux craintes émises par la communauté beauté, en tentant de se faire rassurante : « My lipsticks are NOT moldy. [...] They're not unsafe for you in any way, shape or form [...] [1]. »

Ce scénario d'horreur avait tout pour me divertir, et je m'y suis plongée avec délices. Sur YouTube, les vidéos se multipliaient organiquement, comme les cellules d'une tumeur maligne. Moi, je remplissais mes nuits de ces cellules anormales aux vingt nuances de nudes : Decaf, Hustle, Tipsy, Bada$$, alouette. Je me laissais emporter,

1. « Mes lipsticks ne sont PAS moisis. [...] Ils ne sont pas dangereux pour vous, de quelque manière que ce soit [...]. »

je dérivais. Dans un de mes romans préférés, une femme tombe accidentellement à la mer. Moi aussi, je suis tombée par mégarde et me suis retrouvée au milieu d'un océan.

Qu'y aura-t-il au fond de cette mer ? Des navires qui ont échoué ? Des décombres ? La mer mange tout. Moi aussi, elle me mangera un jour, l'instant venu[1].

Pour l'occasion, mes youtubeuses préférées ont revêtu des blouses, des lunettes de protection et enquêté. La communauté beauté en entier a pris des airs de labo de chimie. Ceux et celles qui ont eu la chance de mettre la main sur les fameux tubes de rouge à 18 dollars américains avant qu'ils s'épuisent ont ainsi disséqué les lipsticks, armé·es de scalpels de fortune et de microscopes.

La controverse a propulsé à l'avant-plan des *science babes* comme Kenna, biochimiste cosmétique jusqu'alors inconnue. Dans une vidéo tournée dans la salle de bains de ses parents, la jeune femme vulgarise devant ses auditeurs·trices la liste des ingrédients des rouges à lèvres, explique leurs conditions de fabrication et réfute plusieurs des affirmations proférées par Hill dans sa vidéo d'excuses. Jaclyn Hill prétendait par exemple que ses rouges à lèvres étaient poilus à cause des gants blancs de coton pelucheux utilisés par les techniciens de laboratoire

1. Silvina Ocampo, *La Promesse* (trad. de l'espagnol par Anne Picard), Paris, Éditions des femmes, 2017, p. 45.

pour manipuler ses produits. Mais selon Kenna, ce genre de gants n'est jamais employé dans un laboratoire. On opte plutôt pour des gants de nitrile ou de latex. Reste à savoir comment les poils se sont fondus dans la crème des bâtons de rouges à lèvres.

Les likes et les views se multipliaient. On s'intéressait à la face cachée de l'industrie : la fabrication. Soudain, les makeup aficionados récitaient le chapelet des composants hydrosolubles et liposolubles utilisés en cosmétique. J'ai tout appris du processus de stérilisation des cuves, de l'aspect que peuvent prendre certaines colonies de bactéries, de l'odeur des huiles rancies. Le maquillage est devenu autre chose qu'un tutoriel dans ma vie. J'étais en plein cours de chimie.

Devant leur caméra, des youtubeuses se sont défoulées ; elles ont morcelé, écrabouillé et fouillé leurs rouges à lèvres. Il y avait quelque chose de satisfaisant, de jouissif, dans cette destruction inattendue. D'ordinaire, le gaspillage de ces précieux joujoux est mal vu, déraisonnable. Là, c'était la fête, au sens où Georges Bataille l'entend, la liesse comme dépense. Le trop-plein de produits était anéanti, coupé en rondins, réduit en purée. Exit la logique de l'accumulation, de la belle collection de maquillage. La communauté beauté versait dans la dilapidation, d'où naît aussi la jouissance. J'assistais à un sacrifice ; la représentation d'un crime. Le petit tube pêche qu'on tranchait, c'était l'idole sur le bûcher.

JACLYN HILL IS A LIAR, WHY I BELIEVE JACLYN HILL IS A LIAR, JACLYN HILL IS LYING TO YOU, LIVE CHAT : WHY I'M CANCELLING JACLYN HILL COSMETICS[1].

Les titres des vidéos insistaient tous sur une chose : Jaclyn Hill avait menti, elle n'était plus digne de confiance. Comme James Charles qui, un mois avant elle, avait perdu des millions d'abonné·es suite à un scandale où la gourou du maquillage Tati Westbrook l'accusait entre autres d'avoir fait la promotion d'une marque de vitamines rivale à la sienne, l'influenceuse Jaclyn Hill se révélait un actif hautement instable. Et sa valeur chutait.

Si le lien de confiance qui unit influenceurs·euses et consommateurs·trices est toujours à un fil de se rompre, il n'est pas étonnant qu'ils et elles soient en proie à toutes sortes de court-circuitage émotionnel. Convaincre les gens de sa bonne foi, mettre en scène son authenticité, c'est le paroxysme du travail affectif. Quelques jours après la saga des rouges à lèvres, Jaclyn Hill remettait de l'huile sur le feu de sa disgrâce : elle disparaissait complètement des médias sociaux, supprimant son compte Instagram et son compte Twitter. Victime de la « cancel culture », elle engendrait sa propre disparition, du moins temporairement.

1. « JACLYN HILL EST UNE MENTEUSE, POURQUOI JE PENSE QUE JACLYN HILL EST UNE MENTEUSE, JACLYN HILL VOUS MENT, CONVERSATION LIVE : POURQUOI JE BOYCOTTE JACLYN HILL COSMETICS. »

Je lisais sur Instagram [1] que la cancel culture, cette pratique consistant à dénoncer publiquement une personnalité publique en appelant à la boycotter en raison d'un geste/tweet/opinion jugé répréhensible, internalise et reproduit la logique carcérale. Tout se passe comme si on pouvait disposer des êtres, les retirer de la société comme bon nous semble. C'est d'ailleurs ce que l'on fait déjà avec les gens jugés « indésirables ». On empêche ainsi la femme voilée de travailler, on envoie les Noir·es en prison, on détruit les favelas à proximité d'un parc olympique, et j'en passe. Le journaliste Quentin Thomas notait, dans *The Brown Daily Herald*, que *pour celles et ceux d'entre nous qui veulent défendre des idéaux de justice sociale, il nous incombe de réfléchir à ce que signifie le fait qu'un des mécanismes mis en place au nom de la justice sociale — canceller une personne — ressemble à s'y méprendre à un système qui a des conséquences négatives et disproportionnées sur la vie de personnes de couleur*[2]. Cette façon de surveiller et de punir traduit une violence dirigée vers l'individu, plutôt que vers une société. Elle

1. Sur un compte qui n'existe malheureusement plus, R.I.P.

2. Quentin Thomas, « Thomas'21 : Cancelling Cancel Culture », dans *The Brown Daily Herald*, en ligne : https://www.browndailyherald.com/2018/11/06/thomas-21-cancelling-cancel-culture/, publié le 6 novembre 2018.

Ma traduction : « [F]or those of us who seek to uphold social justice ideals, it behooves us to think about what it means for one of the mechanisms we access in the name of social justice — cancelling — to so closely resemble a system that produces negative life outcomes disproportionately for people of color. »

a l'avantage de perpétuer le mythe de l'« incident isolé », alors que ce dernier fait presque toujours partie d'un système et découle des logiques de notre société.

Les drames qui divisent la communauté beauté nourrissent aussi cette cancel culture. La communauté possède d'ailleurs son propre « drama channel » et des comptes tels que Tea Spill, Tea by Ali et Here for the Tea diffusent quotidiennement les potins scabreux qui la secouent. On y *spill the tea*[1], selon l'expression que la communauté s'est appropriée, subtilisant le terme à la communauté drag noire. Les vidéos diffusées sur les drama channels dénoncent ceux et celles qui auraient trahi leur promesse d'authenticité. Les suspects y sont traités de menteurs, de « phony ». On y publie des « receipts », ces captures d'écran incriminantes prouvant leur culpabilité. Ce qui se trouve toujours au centre des drames, c'est la présumée inauthenticité d'une personnalité publique. On la pointe du doigt, on l'accuse d'être une marque.

Si l'authenticité est en jeu, si on l'examine à la loupe (ou au microscope), c'est qu'en taxant quelqu'un d'« inauthentique », on préserve l'idée selon laquelle il existerait bel et bien une parole vraie et pure. On nous fait croire à l'existence d'une influence désintéressée, non mercantile.

1. *Spill the tea* signifie « raconter les derniers potins ».

Sous la vidéo d'excuses de Jaclyn Hill, une utilisatrice de YouTube a commenté: « Qui ici n'est pas vraiment en train d'écouter [Hill], mais lit plutôt les commentaires pendant qu'elle radote[1]. » Plus de 51 000 personnes ont liké. Ainsi, il faut supputer qu'on s'intéresse peut-être moins au discours de l'influenceuse qu'à ce que la crise déclenche: l'engagement des internautes. Au moment de sa mise en marché catastrophique, la gamme de rouges à lèvres So Rich s'est immédiatement retrouvée subordonnée au produit dérivé qu'elle a engendré, c'est-à-dire le contenu généré par les utilisateurs·trices. Ce qui m'a sustentée, ce sont les commentaires, les mèmes, les vidéos de ces filles qui disséquaient leurs bâtons de rouge, vêtues de blouse de chimiste de fortune. Je me suis repue de photos macroscopiques où, dans la chair crémeuse du maquillage, je voyais poindre toutes sortes de débris: sphères noires, parcelles de métal et fibres douteuses.

1. Ma traduction: « Who's actually not listening to her but reading the comments while she babbles. »

Je me suis amusée des grimaces de dégoût qui ont traversé le visage de celles qui, horrifiées, constataient que le produit qu'elles avaient acheté était contaminé. Ces corollaires ont formé la moelle de la crise, cette moelle je l'ai sucée, rivée à mon écran d'ordinateur.

En anglais, on utilise le mot-valise *prosumer* (issu de *producer* + *consumer*) pour décrire l'activité de consommation et de production de contenu simultanée à laquelle les internautes prennent part sur les médias sociaux. En d'autres termes, le consommateur est aussi producteur : en consommant un produit, il participe à sa production, diffusion et promotion. La figure du prosommateur s'applique particulièrement bien à la communauté beauté, pour laquelle chaque mise en marché d'un nouveau produit cosmétique se présente non seulement comme une occasion de consommer, mais aussi de créer du contenu. Dans le sillage de son lancement, on verra fleurir quantité de tutoriels, ainsi qu'une multitude d'évaluations de consommateurs·trices s'adressant à d'autres consommateurs·trices et tournant toujours autour de la même question : faut-il, oui ou non, l'acheter ?

D'ailleurs, quand je noie mes heures en face de mon écran, ce que je préfère par-dessus tout, ce n'est pas acheter des produits, mais plutôt lire les évaluations des acheteurs·euses. Je peux passer des heures entières à lire les commentaires des client·es. J'aime ceux qui n'accordent qu'une seule étoile aux produits qu'ils évaluent. J'aime encore plus ceux qui disent : « Si j'avais pu donner zéro étoile, je l'aurais fait. » Je cherche les étoiles négatives, les trous noirs. *The worst product ever! Breakouts! Fallouts! Sheds! SLIPS OUT. Save your money, don't buy this* [1]. Les astres s'affaissent et j'ai l'impression de dépenser avec lucidité, de peser le pour et le contre de chacun de mes gestes. En dévorant les évaluations de ceux et celles qui ont consommé avant moi, j'analyse compulsivement tous les produits que je convoite. J'imagine maîtriser mes désirs, les faire marcher au pas, les tenir en laisse. Assis ! Couché ! Donne la patte. Je me sens libre. Libre, libre. Libre comme un soleil mort.

1. « Pire produit de tous les temps ! Donne des boutons ! Poudreux ! Tombe ! GLISSE ! Économisez, n'achetez pas ça. »

Les premiers Lip Kits de Kylie se sont envolés. Une minute seulement après leur mise en vente, les stocks étaient déjà épuisés. Cette fois aussi, la plateforme de commerce en ligne Shopify a planté, car l'affluence sur le site de vente était trop grande. Il faut dire que l'inventaire de départ est souvent limité, dans le but de générer un effet de rareté. Cela a pour effet de catalyser le FOMO[1] (fear of missing out) des consommateurs·trices, qui s'empressent alors d'acheter un maximum d'articles. Les moins chanceux·euses se rabattent sur les exemplaires revendus à fort prix sur d'autres sites et courent le risque d'acquérir une contrefaçon. C'est d'ailleurs le cas de Khue Nong, une jeune femme qui, en entrevue pour *Makeup Mahem*, un documentaire de la série *Broken* diffusé sur Netflix en 2019, affirme avoir acheté ce qu'elle croyait être un Lip Kit sur eBay, pour finalement se retrouver la bouche scellée à la Super Glue.

1. La peur de passer à côté de quelque chose.

L'engouement pour ces produits, qui ne sont ni extraordinaires ni révolutionnaires, peut paraître étonnant, surtout lorsqu'il pousse les consommateurs·trices à prendre de tels risques. Mais les cosmétiques jouent le rôle d'intermédiaires entre Kylie et ses fans. La relation d'identification, ce « moi aussi » qui caractérise nos rapports sur le web s'actualise entre autres par l'acquisition de marchandises. L'acte de consommation consolide le lien entre l'influenceuse et l'influencé·e ; il constitue une sorte de déclaration d'amour.

Profitant de l'avidité de ses acheteurs·euses, de leur amour et de leur FOMO, l'entreprise de Kylie a grandi exponentiellement. En l'espace de quelques années, la Jenner a prétendu être devenue, à 21 ans, la plus jeune entrepreneure milliardaire au monde[1], devançant ainsi Mark Zuckerberg, créateur et patron de Facebook, qui lui, avait obtenu son milliard à l'âge de 23 ans. En 2019, la jeune femme faisait la couverture du célèbre magazine *Forbes* en tailleur noir, les bras croisés, un demi-sourire sur ses lèvres gonflées.

Kylie dit avoir arrêté d'avoir recours aux injections pour se gonfler les lèvres en 2018, préférant un look

1. C'est un titre que Forbes conteste le 29 mai 2020, en alléguant avoir reçu de fausses informations de la part de Kylie Jenner.

Voir Chase Peterson-Withorn et Madeline Berg, « Inside Kylie Jenner's Web of Lies – And Why She's No Longer a Billionaire », *Forbes*, en ligne : https://www.forbes.com/sites/chasewithorn/2020/05/29/inside-kylie-jennerss-web-of-lies-and-why-shes-no-longer-a-billionaire/#5e30fd5325f7, publié le 29 mai 2020.

plus naturel. Tout se passe comme si, avec l'avènement d'Instagram, notre image publique était devenue incessamment changeante, perfectible. Les lèvres charnues, comme les filtres de visage, s'ajoutent et se retirent. Notre vision de la beauté est fluide. On achète et on rejette tour à tour certains attributs, au fil des tendances. L'image que l'on présente aux autres est sans cesse remaniée. Dans les mots de la journaliste Amanda Hess [1], on se remet constamment à niveau, comme un logiciel, pour viser un attrait sexuel maximal. D'ailleurs, les normes de beauté évoluent au même rythme que les produits qui déferlent sur le marché. S'il y a cinq ans, on préférait le fond de teint extracouvrance, on se rue aujourd'hui sur les perfecteurs de peau, ces lotions hyperlégères qui dissimulent à peine les boutons. On renonce à des traits physiques ou on s'en greffe d'autres comme si on se désabonnait d'un compte Instagram ou qu'on envoyait une demande d'amitié. Lèvres gonflées : unfollowed. Sourcils angulaires : blocked. Poils d'aisselles : added as a friend.

Il faut souligner l'ambiguïté raciale liée à l'empire de Kylie Jenner, mais aussi de la perfectibilité sur commande. Les lèvres pulpeuses, ainsi que d'autres attributs physiques comme le teint foncé, ont historiquement été associés au corps des Noir·es. Contrairement à Kylie, ces derniers·ères n'ont pas bâti de fortune sur le charnu de leur bouche, mais l'ont vécu comme un stigmate. Leurs

1. Amanda Hess, *op. cit.*

lèvres n'ont jamais rien eu d'accessoire, ne représentent ni un choix ni une acquisition et il ne sera jamais possible de s'en défaire. En fait, il faut se demander qui peut se permettre d'avoir un physique transitoire et de sélectionner à sa guise les caractéristiques de son corps. La fluidité identitaire demeure en partie un privilège de classe, mais aussi de race. Car qui peut jouir de certains traits, sans en subir le stigmate ?

En fait, *les cosmétiques n'ont jamais été bien loin de la notion de suprématie blanche*[1], écrit l'historienne américaine Kathy Peiss. Je me souviens moi-même de mon malaise à Taipei, lorsque j'écumais les pharmacies de mon quartier à la recherche d'une crème qui n'était PAS blanchissante. Ça me déstabilisait de voir mon privilège blanc vendu ainsi, étalé sur les rayons d'un magasin. Car si le racisme pousse les non-Blancs à se tourner vers des cosmétiques qui néantisent leur identité (qui les défrisent, les blanchissent, les débrident), les Blancs, eux, utilisent l'industrie cosmétique pour augmenter leur corps. La technologie n'efface pas leurs traits, mais les renforce, en ajoute : elle allonge, elle agrandit, elle bronze, par exemple. J'ai rarement eu à me nier. Au contraire, j'ai appris à me mettre en valeur, me surligner, m'écrire en caractères gras.

1. Kathy Peiss, *op. cit.*, p. 203.
Ma traduction : « Cosmetics were never far removed from the fact of white supremacy, the goal of racial progress, the question of emulation. »

J'ai profité du racisme intériorisé des Taiwanais, de l'ambivalence que ce peuple a envers sa propre langue. Si on achète là-bas des pots de crème blanchissante, on veut aussi parler anglais à tout prix, un anglais « sans accent », à l'américaine. En 2012, on m'a engagée pour enseigner l'anglais à des petits bouts de chou taiwanais de quatre ans, à Taipei. Puisque j'ai un passeport canadien, je me suis fait passer pour une anglophone. J'imagine que ma peau blanche et mes yeux bleus m'ont aussi aidée à camoufler mes origines, ma véritable langue maternelle. Ou alors mes patrons de l'époque ignoraient que, quelque part au Canada, vivaient des francophones.

Or, il n'existe pas de langue « sans accent », de langue neutre, pour ainsi dire. Ce qu'on voulait de moi, c'était peut-être moins ma langue que ma propension à effacer l'autre. On me payait pour que je montre à des enfants à vouloir être autre chose qu'eux-mêmes. Je devais leur faire croire à l'existence d'un idéal qui ne leur serait jamais donné d'avance. Un idéal qui n'existe pas.

Mes élèves répétaient machinalement les sons qui sortaient de ma bouche. Dans ma classe, nous essayions tous de dire « drawer ». Drawer, drawer, drawer. Essayez, pour voir. Même moi, je m'étais mise à me haïr, à détester ma bouche incapable de prononcer ce terme gris-vert, qui sonnait trouble, comme de l'eau sale.

À l'occasion de son 21e anniversaire, Kylie Jenner a mis en vente une collection de maquillage sur le thème de l'argent. De faux billets de 100 dollars à son effigie ont été produits, de la kylie money.

Un fard s'appelait *Stacks*[1], comme dans « mille dollars », un kaki militaire mat. Un autre se nommait *Build Your Empire*[2]. Forme de workaholism performatif[3], les produits de cette collection alimentaient tous le mythe de la méritocratie, une idéologie selon laquelle le succès d'une personne dépendrait des efforts qu'elle déploie. C'est ignorer que l'empire de Kylie s'est fondé sur une base de près de 150 millions d'abonné·es Instagram, une visibilité remarquable dont la star a hérité, en participant,

1. « Liasses ».
2. « Construis ton empire ».
3. Erin Griffith, « Why Are Young People Pretending to Love Work? », dans *The New York Times*, en ligne : https://www.nytimes.com/2019/01/26/business/against-hustle-culture-rise-and-grind-tgim.html, publié le 26 janvier 2019.

avec les autres membres de sa famille, à une émission de télé-réalité, « Keeping Up with the Kardashians ». D'ailleurs, ce nombre impressionnant de followers peut facilement être considéré comme une part de ses actifs. En novembre 2019, lorsque le groupe Coty a annoncé l'achat de 51 % de ses parts pour 600 millions de dollars, le directeur financier de la multinationale, Pierre-André Terisse, a justifié la transaction en s'appuyant sur les 270 millions d'abonné·es que totalise Jenner sur ses différentes plateformes. « Avec une seule publication, elle peut toucher plus du double du nombre de personnes qui regardent le Super Bowl chaque année [1] », a-t-il dit.

Dans une vidéo intitulée *Official Kylie Jenner Office Tour* [2], la jeune milliardaire arpente les locaux de son entreprise. Je la regarde marcher de salle de conférences en salle de conférences, le souffle court. Elle pénètre dans des pièces vides et nous apprend que c'est là que la magie prend place, que c'est là que tous ses meetings ont lieu. La star parle de ses chaises à roulettes, indispensables à ses longues heures de travail. Devant une table ovale, elle

---

1. Tonya Garcia, « Coty's $600 Million Deal With Kylie Jenner is Designed to Hang On to Her Social Media Star Power », *MarketWatch*, en ligne : https://www.marketwatch.com/story/cotys-600-million-deal-with-kylie-jenner-is-designed-to-hang-on-to-her-social-media-star-power-2019-11-18, publié le 23 novembre 2019.

2. Kylie Jenner, *Official Kylie Jenner Office Tour*, en ligne : https://www.youtube.com/watch?v=VayyLoioSAk&t=188s, publié le 10 octobre 2019.

affirme : « The longest I spent here is nine hours[1]. » Neuf heures, ou près de 171 000 dollars en kylie money.

En insistant ainsi sur la matérialité de son labeur, incarnée dans ces pièces, ces chaises et ces tables, où Kylie sue pour nous offrir des produits, elle nous parle de son éthique de travail, mais aussi de son argent. Cet argent, semble-t-elle dire, est la récompense de mon travail acharné. En liant son succès économique au travail, Kylie essaie de faire oublier son privilège de classe pour se rendre plus accessible. Elle nous fait croire qu'un succès comme le sien est à la portée de tous. Il suffit de *Work For It*[2], comme le souligne un de ses fards. Inversement, rappeler son privilège, le fait qu'elle ait lancé son entreprise grâce à de l'argent et au statut social déjà bien établi qu'elle avait, ce serait faire apparaître la distance qui existe réellement entre elle et nous. Une distance infranchissable, une faille qui se fait précipice, si on n'y prend pas garde.

1. « Le plus long moment que j'ai passé ici, c'est neuf heures. »
2. « Travailler pour ».

L'expansion du marché de la beauté serait parallèle à l'omniprésence croissante des téléphones intelligents[1] dans nos vies. Ces appareils favorisent la « culture du selfie » par laquelle foisonnent les clichés de nos visages, mais aussi les photos éphémères de toute sorte, augmentées, manipulées, destinées à nous représenter sur les réseaux sociaux et à nous permettre d'entrer en contact avec autrui. Sans s'inscrire dans l'Histoire ou prétendre immortaliser un moment marquant, le selfie est un autoportrait voué à une consommation immédiate. En fait, il s'apparente à une forme de communication non verbale, et s'arrime à de nouvelles pratiques conversationnelles. Contrairement à ce que suggère son équivalent néologique québécois, l'*egoportrait*, le selfie n'est pas nécessairement tourné vers l'ego, mais plutôt vers l'autre. Le selfie, ou « self », fait penser aux pronoms réfléchis (me, te, se,

1. Elaine Low, « How Instagram, Twitter Beauty Selfies Are Changing the Face of Retail », dans *Investor's Business Daily*, en ligne : https://www.investors.com/news/selfies-are-changing-the-face-of-retail/, publié le 28 octobre 2016.

etc.), que l'on place devant les verbes pronominaux. Il indique une action, mais aussi un corps, des corps, car il établit et maintient le lien entre plusieurs personnes géographiquement éloignées, engagées dans une interaction sociale commune[1].

Puisque le visage, clé de voûte du selfie, joue un rôle central dans nos communications, les produits cosmétiques le ciblant connaissent une belle visibilité. Certains produits semblent avoir été créés spécifiquement pour être partagés sur les réseaux sociaux : les masques en feuille coréens, par exemple, qui recouvrent notre visage entier pour soigner notre peau. Filtres physiques appliqués à même la peau, ils nous permettent de partager des looks étranges et d'immortaliser un rituel : celui du soin de sa personne. *Le maquillage n'est plus juste un artifice, c'est aussi un moyen de se mettre en scène sur son écran de téléphone, et de mettre en scène notre relation avec l'écran, l'objectif de l'appareil photo et nous-mêmes*[2], explique ainsi l'essayiste Dalia Barghouty. Je me maquille de plus en plus avec mes futurs selfies en tête. En fait, je suis

---

1. Tiré de mon texte sur le selfie : Daphné B., « le selfie », dans *Spirale*, en ligne : http://magazine-spirale.com/article-dune-publication/le-selfie, publié le 6 novembre 2015.

2. Dalia Barghouty, « Glow Aesthetic », dans *Real Life Mag*, en ligne : https://reallifemag.com/glow-aesthetics/, publié le 22 août 2019.

Ma traduction : « Makeup then works as not a tool of artifice but a way to manifest our being on and in relation to our camera lens, our screen, and ourselves. »

toujours maquillée, dans mon lit ou ailleurs. Mon visage est sans cesse prêt à être partagé. Dans une autre langue, on dit que je suis « selfie-ready ». Mes amies ont davantage de chance de voir une photo de mon visage scintiller sur leur fil d'actualité que de tomber sur moi dans un café, parce que je passe mes journées à travailler dans ma chambre, mais que j'y suis toujours connectée, présente sur les réseaux. Mais ce n'est pas simplement ma face bien maquillée que je capture avec mon téléphone, c'est aussi la trace d'une vie en train de se faire. D'ailleurs, mes yeux se sont habitués à déceler le potentiel documentaire [1] de mon quotidien, à décortiquer le réel en fonction de ce que je pourrais publier ou non. *La photo sociale, en amorçant le processus de documentation de notre vie, nous montre comment appréhender la vie lorsqu'on est loin de l'écran* [2]. J'ai un cellulaire collé sur ma rétine.

Et si j'offre mon visage au regard des autres, c'est peut-être parce qu'il demeure la partie de mon corps la plus lisible [3]. Mes yeux, ma bouche, mon nez, mon front constituent les termes d'un texte destiné à autrui, un texte qui se dérobe à mon propre regard, ne m'apparaissant

1. Le sociologue Nathan Jurgenson parle du développement d'une vision documentaire. Pour en lire davantage, voir son livre *The Social Photo* (New York, Verso, 2019).

2. Nathan Jurgenson, *op. cit.*, p. 28.

Ma traduction : « The social photo initiates the process of documenting life so that you know how to see life when away from the screen. »

3. Mary Ann Doane, *Femmes fatales*, Londres, Routledge, 1991, p. 47.

toujours qu'à travers le prisme d'une image spéculaire, celle de ma réflexion dans un miroir[1].

Soulignant l'omniprésence des visages féminins dans la culture, la poète Susan Stewart avance que *le visage est ce qui appartient à l'autre; il est indisponible pour la femme qui le possède*[2]. Car ce texte en tension constante est composé par qui le regarde, et non par la personne regardée[3]. C'est donc le spectateur qui confère un sens au visage, un sens qui fluctue, comme la chair qui l'anime. Il s'empourpre ou se fronce, il se crispe ou se détend. Traversée par le temps, la peau se métamorphose en *une cartographie de sillons, de poils et d'années*[4]; c'est une surface, mais aussi un lieu de passage. Elle conserve la trace de ce qui emprunte son chemin.

Les yeux et la bouche la percent, la tailladent de trous. Ces cachettes intimes, celui ou celle qui les regarde souhaiterait les pénétrer. Moi, je les maquille chaque matin. J'enjolive mes orifices comme s'il s'agissait de petits temples de l'amour souterrains. Ce sont mes grottes, les

---

1. *Ibid.*

2. Susan Stewart, « The Imaginary Body », *On Longing*, Durham, Duke University Press, 1993, p. 125.

Ma traduction : « The face is what belongs to other; it is unavailable to the women herself. »

3. *Ibid.*

4. Tara-Michelle Ziniuk, « Faire diversion », dans *Whatever, un iceberg* (trad. de l'anglais par Daphné B.), Montréal, Triptyque, 2019, p. 102.

portails de mon intériorité insondable. Peut-on vraiment les lire, ou simplement s'y noyer ?

Le visage me semble une partie du corps beaucoup plus intime que les organes génitaux. Il parle sans parler, en frémissements et en points noirs, en ouvertures. On dirait un médaillon avec une photo secrète dedans. Et si le visage ressemble à un médaillon, alors il est peut-être aussi comme une maison de poupées, parce qu'on a l'impression qu'il renferme quelque chose de personnel, de confidentiel. *Ce que nous cherchons, c'est la maison de poupées dans la maison de poupées et sa promesse d'une intériorité infiniment profonde*[1], écrit encore Stewart. *Derrière l'apparence des yeux et de la bouche se trouve le dedans, dépouillé de toutes apparences*[2], poursuit-elle, comme si, débarrassé·e de notre peau, on pouvait vraiment montrer qui l'on est. Mais *au-delà de la perversion du dedans par le dehors*[3], le mystère reste entier. Car je pourrais bien me scalper le visage, je ne montrerais au monde que des organes anonymes, un cerveau visqueux, des muscles, du blanc et du rose à vif. Rien d'intime. Il n'y a pas de sens ultime à l'intérieur de moi. Il n'y a pas d'essence.

1. Susan Stewart, *op. cit.*, p. 61.
Ma traduction : « […] what we look for is the dollhouse within the dollhouse and its promise of an infinitely profund interiority. »
2. *Ibid.*, p. 127.
Ma traduction : « […] behind the appearance of eyes and mouth lies the interior stripped of appearances. »
3. Jacques Derrida, *De la grammatologie*, Paris, Les Éditions de Minuit, 1967, p. 53.

Ce que mes orifices cachent, ou plutôt, ce qu'ils disent, c'est que tout est gouffre. Le sens n'est pas plein, mais creusé. Et l'amour advient lorsqu'une grotte souterraine, percée d'une faille, laisse entrer la mer en son sein. À l'intérieur du gouffre, on n'entend rien d'autre que la mer et son écho. La mer et son écho. Le son de l'eau qui se cogne contre des parois fissurées.

On admire les influenceurs·euses beauté parce qu'ils et elles incarnent le rêve, reflètent nos aspirations personnelles, mais aussi parce qu'ils et elles symbolisent un savoir-faire, une forme d'autorité en matière de maquillage. Sur le web, on les appelle les « makeup gurus », à cause de leur position de leaders. Ce sont nos mahatmas et leurs conseils ne nous guident pas seulement dans nos achats, ils recouvrent aussi une dimension spirituelle. Leur voix me berce, leur présence me rassure et lorsque je suis témoin de leurs failles, de leurs petites crises d'anxiété, entre deux *cut creases*[1] et un peu de blush, je veux leur dire : « Thank god, vous êtes mes phares dans la nuit, et si vous n'éclairez que moi, vous éclairez encore quelque chose. » C'est vrai, ils et elles illuminent mon seuil de la pauvreté. Et moi, je me tiens sur le seuil, couverte de fond de teint, avec mes privilèges de membre Rouge Sephora et mon

1. Le *cut crease* est une technique de maquillage visant à accentuer le pli de la paupière.

shipping gratuit, car j'ai dépensé plus de 1 000 dollars en maquillage cette année.

Tout comme les gourous qui animent mes nuits d'insomnie, la fonction du maquillage se dédouble et ma palette de fards est toujours autre chose qu'elle-même. Elle déborde de sa qualité de poudre, de crème ou encore de brillant, puisque le discours publicitaire la hisse du statut de produit au rang d'œuvre d'art. Moi, ça me va. Je préfère croire que j'achète un tableau plutôt qu'un bébé gris-vert de cash et de guns. Je ne veux pas participer à la quasi-extinction des koalas ni à la guerre, non. Je veux célébrer ma créativité et encourager l'art, cette potentialité qui fait de l'être humain une créature un peu moins détestable.

Les entreprises récupèrent l'art et font de cette forme d'expression une valeur inébranlable, presque transcendante. Quand « c'est de l'art », c'est inattaquable. Voilà pourquoi Shane Dawson et Jeffree Star consacrent une bonne partie de leur websérie à concevoir leur palette comme s'il s'agissait d'une toile, qu'ils se filment en train d'en choisir minutieusement les couleurs, plongés dans un état de transe créatrice. C'est pour cette raison aussi qu'ils mettent tant de temps à en imaginer l'emballage, à grand renfort d'esquisses et de coups de génie. Ils voudraient nous faire croire que l'objet qui prend forme sous nos yeux n'est pas une énième itération du capitalisme sauvage, mais plutôt une sorte de sculpture sacrée qui oblige au respect. Des mois plus tard, au beau milieu d'une pandémie qui fauchera chaque jour des milliers de personnes, on reprochera à Jeffree Star la mise en marché de la palette de fards Cremated, recelant des teintes cendrées et froides et portant des noms comme « R.I.P. », « Casket Ready » et « The Morgue ». Star se défendra en jouant à l'artiste : sa palette est beaucoup plus qu'un produit, c'est une œuvre. Polysémique, on peut l'interpréter comme on veut, mais son message est positif. Star demande qu'on envisage sa production commerciale comme une œuvre d'art, l'aboutissement d'une réflexion personnelle aux retombées collectives et nobles. Kylie Jenner utilise la même rhétorique artistique pour cacher l'obscénité de sa richesse, chaque jour décuplée. Au moment d'offrir une visite guidée de son entreprise, la jeune femme d'affaires ne manque pas de s'arrêter devant son « iconic Lip Kit wall », un mur tout en dégradé de couleurs, construit à partir d'emballages de Lip Kits, le produit emblématique de Kylie Cosmetics. « Voilà une autre façon d'utiliser mes produits et d'en faire de l'art [1] », affirme-t-elle.

Si l'objet de consommation est aussi un objet d'art, le contenant rivalise avec la substance qu'il renferme. C'est d'ailleurs ce que l'artiste contemporaine suisse Sylvie Fleury met en évidence, en peignant des toiles qui reproduisent en grand format des palettes de fards, ces objets aussi utilitaires qu'esthétiques. Sa toile *Road Movie*, de la série *Palettes of Shadows* (2018), reprend par exemple

1. Kylie Jenner, *op. cit.*

la forme des boîtiers de fards à paupières Chanel. Les pastilles de couleur et la forme cubique du tableau noir éveillent d'emblée la convoitise, même si *Road Movie* demeure un succédané de luxe, une image presque pieuse, faite d'acrylique.

Est-ce que c'est du maquillage ? De l'art ? La séduction d'une splendeur emballée et plastique ? Est-ce que c'est ça, la liberté ? Mon *Road Movie* à moi n'a rien à voir avec l'esthétique Chanel. Il a les cheveux dans le vent, une mèche dans la bouche et fonce à toute allure sur les routes de l'Amérique, baignées de couchers de soleil et de poussière. Et dedans, ma voiture ne recule devant rien, pas même ma mort, car mon *Road Movie* se clôt toujours sur un gouffre. Il pèse sur l'accélérateur, ou bien n'importe quelle pédale, SEND, ENTER, DÉMARRER, OUI, ACCEPTER, ACHETER, ACHETER. J'y cours vers ma perte, je chois dans le vide. Mon road movie est or, orange brûlé, il est bleu ciel et opalescent et j'y consomme jusqu'à l'éclatement.

La pop star anarchiste a eu un bébé avec le fils du milliardaire. Vous vous en souvenez ?

Dans cette histoire d'amour cocasse, il y a une bête, poursuit Anne Boyer. Et ce n'est pas le bébé. Cette bête se tapit dans le boîtier Chanel *Road Movie*, ou encore derrière mon panier à linge sale. Elle se démultiplie des milliards de fois et rôde dans les chambres du monde entier, les rivières de l'Amérique, mais aussi dans les apparts insalubres de Montréal, les frigidaires presque vides. Elle se glisse dans les craques des canapés-lits qu'on déplie le soir venu, sur la surface brûlée de ces divans qui puent la cigarette ou sur celle des matelas que l'on gonfle. Elle se terre dans les salles de bains noires de moisissures, à l'intérieur des murs troués de coups de poing et dans les poches des enfants qui partent acheter du lait à l'épicerie, apeurés, armés de couteaux. Elle gronde, cette bête, c'est une vraie brute. *[Elle] n'est pas humaine, mais comme un ours si l'ours était une ombre, une ombre dix fois plus grosse qu'un ours. Cette bête, qui est comme une ombre et un ours, qui n'est pas humaine, s'appelle « la vie en mode survie ».* C'est dans son ombre que tant de gens se fardent. Elle se glisse parmi mes produits, mes petites potions brillantes, mes échantillons secrets, mes poudres célestes. Elle m'observe quand je me maquille, chaque matin. Car le maquillage ne se résume pas au bébé gris-vert du cash et des guns. C'est aussi ce qui m'aide à passer au travers du jour et de la nuit, c'est un peu de dignité, d'humanité, même en mode survie. Et le soir, *on s'endort dans les bras de cet ours*[1].

Le nom du fard à paupières émeraude sale « schmoney », ce capitalisme sauvage en poudre, possède un frère jumeau, « shmoney », qui lui, parle de résistance clandestine. En fait, le mot shmoney précède celui de schmoney, c'est-à-dire que l'expression devance le fard, qui lui, reprend un terme de slang afro-américain. Il suffit d'enlever le « c » pour découvrir le sens caché du maquillage, et voir que cette acception fait de lui une arme de survivance.

1. Anne Boyer, *op. cit.*, p. 19. Ma traduction : « There is a brute in these rooms and apartments and duplexes and trailers and shared houses and single-family houses and estates. The brute is not human, but like a bear, if a bear were a shadow and ten times bigger than a bear. This brute like a shadow and a bear not a human is named *survival-life*. The brute is always saying something, is saying give me the labor of your body, not the work of your hands. We fall asleep in that bear's arms. »

Sur l'*Urban Dictionary*, j'apprends que l'expression argotique shmoney désigne l'argent acquis illégalement, en dessous de la table. Le mot shmoney dit « shhhh ! » et nous intime de la fermer. « Chut, ta gueule ! Ne fais pas de bruit. Sinon, c'est fini. » Il personnifie le risque inévitable que courent ceux et celles qui luttent chaque jour pour garder la tête hors de l'eau et gagner leur argent en contrevenant à la loi. Ceux et celles qui font leur possible avec ce qu'ils ont, qui *hustle*. « Hustlin's doin whatever you gotta do to get that paper », a publié Painn en 2008, sur l'*Urban Dictionary*. Six cent huit personnes ont liké. Oui, si on regarde bien et qu'on sait voir le monstre rôder, les mots nous parler, on s'apercevra que le maquillage est aussi une arme de survie.

#shmoneydance #hustling #shmurda #gucci

En juillet 2014, le jeune rappeur américain Bobby Shmurda lance le vidéoclip de son premier single, la chanson « Hot N*gga ». On y voit le jeune rappeur de 20 ans fumer et boire, tout en rappant avec sa bande. Rien de révolutionnaire. Sauf qu'à deux courtes reprises dans la vidéo, Shmurda et ses acolytes se livrent à une danse qui propulsera le rappeur à la sixième place du Hot 100, faisant de lui une étoile montante de la scène musicale. Shmurda danse la *Shmoney Dance*. Il célèbre avec ses hanches et ses coudes l'argent durement gagné, ce cash empoché au péril de sa vie. Une fois touché, il le flambe, comme pour se venger de cette vie en mode survie qui l'assaille, qui le guette de son ombre large comme dix ours. Il dilapide l'argent, rend le mal pour le mal, brandit les fusils qu'il se procure avec. Il chante ses morts, son papa incarcéré et le crack qu'il vend depuis l'école primaire. L'argent gaspillé annonce la fête, le chaos réparateur. C'est un pied de nez aux injustices, un gros fuck you à ce cash dont il manquait enfant et qui là, aussitôt gagné est dépensé, désacralisé.

La revanche de Shmurda est contagieuse. En très peu de temps, ses mouvements sont repris en boucle sur le web et plus particulièrement sur la défunte application Vine. La *Shmoney Dance* se multiplie, devient virale. On la remixe, la rejoue et la réinterprète. Même Beyoncé l'exécute avec sa troupe de danseurs, en robe pailletée.

Yo, I hit my shmoney dance when I caught the lick
I hit my shmoney dance when I caught ya chick

Ce qui me frappe dans le clip de « Hot N*gga », c'est la jeunesse de Shmurda. Son grand sourire d'adolescent, son corps si frêle. On dirait un petit frère noyé dans un pantalon mou, qui fait l'éloge des guns. Il chante son calvaire, presque candide, l'histoire de sa vie et celle de son shmoney, cet argent que l'on doit taire, parce qu'il est illégal, mais que l'on peut aussi danser. C'est encore un enfant.

Les policiers arrêtent Shmurda, quelques mois à peine après la sortie de son hit planétaire [1]. C'est sa danse victorieuse qu'ils veulent faire taire. Le jour où on le met derrière les verrous, pour des motifs que Shmurda conteste,

1. Officiellement, ils l'incarcèrent pour « possession de drogues et d'armes, affiliation à un gang et préméditation de meurtre ». Ironie du sort, la police a établi ces chefs d'accusation en s'appuyant sur la vidéo de son clip musical.

les policiers lui disent qu'ils en ont marre que leurs enfants écoutent sa musique. « Ils l'ont dit en me riant au visage [1] », dit Shmurda. Ce jour-là, la carrière du rappeur, alors en pleine lancée, s'est tout bonnement endormie, comme bercée par un ours, cet ours qui n'est pas un ours et qui s'appelle *la vie en mode survie*.

1. Robert Kolker, « Hot Shmurda », *Vulture*, en ligne : https://www.vulture.com/2015/05/bobby-shmurda-court-case.html, page consultée le 21 avril 2020.

Oui, le maquillage tire sur le gris-vert, la carnation schmoney et répulsive du capital. Mais sa couleur change et ne se limite pas à une seule teinte. Elle est complexe, presque phosphorescente. Elle brasille parfois comme un lampion ou une luciole dans la nuit[1]. C'est qu'elle émet des signaux de résistance. Elle projette la lueur de ce qui subsiste sous l'ombre de l'ours, malgré tout.

La lumière papillotante des survivants est un phare qui éclaire faiblement. Georges Didi-Huberman parle de cette lueur sporadique dans son essai consacré à la lumière survivante des contre-pouvoirs, *Survivance des lucioles*. Il écrit que *l'image [des lucioles] se caractérise par son intermittence, sa fragilité, son battement d'apparitions, de disparitions, de réapparitions et de redisparitions incessantes*[2]. Il me semble que les cosmétiques, comme les

1. Ici, j'emprunte au concept de la « survivance des lucioles » développé par Georges Didi-Huberman dans son livre du même nom.

2. Georges Didi-Huberman, *Survivance des lucioles*, Paris, Les Éditions de Minuit, 2009, p. 74.

lucioles qui pointillent les ténèbres, *nous enseignent que la destruction n'est jamais absolue*[1]. Que le capital ne nous a pas tout à fait dérobé notre vie, notre peau. Le temps que je consacre à me maquiller est un temps suspendu, où je me tourne vers moi-même. Je me redonne des minutes, des heures, moi qui suis habituée à les disséquer, les rentabiliser. Car, bonne élève de ma société, j'ai appris à *inverser en profit ou en utilité toujours accrus le mouvement du temps qui passe*[2].

Mon temps palpable et rentable, je le triture dans mes mains comme un Rubik's Cube. J'aimerais le résoudre, aligner ses couleurs. Je raye mon existence d'une liste, à mesure que je l'accomplis. Ma sœur jumelle est céramiste. Comme moi, elle court après ses heures pour gagner son argent. Lorsqu'on est débordées, l'une comme l'autre, nous vidons des litres d'Ensure, cette boisson protéinée dont on gave les mourants. Tandis qu'elle vend ses céramiques dans les marchés de Montréal, j'essaie tant bien que mal d'honorer tous mes contrats. Dans cette course effrénée, je ne mange plus par plaisir, mais par obligation. Ce n'est qu'un point de plus sur ma liste, cette to-do list que je dresse parce qu'il paraît que ça aide à desserrer les dents.

J'avance dans les jours en cochant des cases, en notant les dates, les rendez-vous, les convocations, les échéances.

---

1. *Ibid.*, p. 72.
2. Michel Foucault, *Surveiller et punir*, Paris, Éditions Gallimard, 1975, p. 185.

Quand j'étudiais la littérature à l'université, on ne m'avait pas prévenue qu'écrire demanderait d'aménager mon temps afin de pouvoir en trouver. Comme beaucoup d'auteurs et d'autrices, je participe à ma façon à la culture de la performance. Et si je la dénonce, c'est que j'en connais les ravages. Ils s'exercent sur mon corps boosté au citalopram, mon antidépresseur chouchou. L'univers artistique est peuplé de personnages ambitieux et surproductifs, de gens cernés qui pensent que s'entourer de plantes en pots les sauvera peut-être de l'amertume. À moins d'être riche héritier·ière ou de gagner au Loto, créer, dans un monde capitaliste, est une lutte permanente, une quête infinie de ressources. On n'échappe pas à la société dans laquelle on vit. C'est habiter près de l'usine Tchernobyl, au lendemain de la catastrophe nucléaire. Les radiations de césium ont beau être invisibles, elles nous traversent et, quoi qu'il arrive, altéreront notre structure moléculaire. Un survivant de Tchernobyl se confie à la journaliste Svetlana Alexievitch :

Nous voulions nous cacher de l'atome comme des éclats d'obus. Mais il est partout… Dans le pain, dans le sel… Nous respirons de la radiation, nous mangeons de la radiation […] L'important pour nous, c'est de comprendre comment vivre maintenant[1].

1. Nikolaï Prokhorovitch Jarkov cité par Svetlana Alexievitch, *La Supplication, Tchernobyl, chronique du monde après l'apocalypse* (trad. du russe par Galia Ackerman et Pierre Lorrain), Paris, Éditions J'ai lu, 2016 [1997], p. 127.

Pour m'extraire du temps monétisé, je me maquille. Devant mon miroir, je ne le compte plus, je cesse de le rentabiliser. Parfois, je me farde et ne sors même pas de mon lit. Je travaille toute la journée dans ma chambre, sous ma couverture, à l'abri des regards. En fait, quand je me poudre, que je me crème, je me rapproche de ce corps que je passe ma vie à ignorer. Je lui redonne de l'importance, un peu de dignité. Je lui trace un sourire et je rougis ses joues. Je prends soin de lui, de moi, de nous. Je me dédouble pour mieux m'enlacer.

Pendant quelques secondes, je cesse de vouloir m'excuser à qui mieux mieux, moi qui ai constamment un « désolée » coincé dans la gorge. Désolée de quoi ? De vivre ? Chaque matin, je fais de mon temps un royaume, un refuge de pinceaux, de sprays, de petits pots qui sentent bon, un espace sacré dans lequel je me sens comme un oiseau bleu qui viendrait d'apprendre à voler. Je lime, peigne et polis ce que je sais d'humain et de fragile en moi. J'aime mon corps, ce corps de femme de trente ans, ce corps qu'on a frappé et étranglé lorsqu'il était enfant. Ces coups, je les arrache à ma mémoire, et je leur offre des couleurs. Aux mots qui résonnent encore dans ma tête, ces *salopes*, ces *petites putes*, ces *enfants de chienne* enfouis en moi, je dis : *non*. Je me sauve des griffes des injures qui m'ont tuée. Qu'il se tienne droit, ce corps. Qu'il se voie beau. Qu'il dilapide son temps, simplement pour avoir l'air d'un oiseau. Car quand je me donne le temps, je me redonne aussi la vie.

Je veux séduire et je souhaite qu'on m'aime. Mais mon maquillage a souvent déplu. On a ri de lui, comme de mes poèmes, qu'un critique littéraire avait même qualifiés de « surfaces trop brillantes ». Ce qui est lumineux éblouit et risque d'aveugler. Ainsi, on reproche aux surfaces brillantes, comme au maquillage, de dissimuler la vérité ou alors, d'en rendre la lecture difficile. Ces artifices masqueraient le réel. Pourtant, le maquillage explicite plutôt *la vérité même du corps comme paraître* [1], pour reprendre les mots de l'historienne de l'art Jacqueline Lichtenstein. On pourrait dire la même chose des figures de style et des images poétiques. Elles mettent en lumière la vérité même du poème comme écriture.

Critiques littéraires ou amoureux, les gars de ma vie m'ont tour à tour fait remarquer mon infamie. Pour eux, j'étais cette fille qui en faisait trop, j'avais la face

1. Jacqueline Lichtenstein, *La Couleur éloquente*, Paris, Flammarion, 2013 [1989], p. 65.

pleine d'un désir qui débordait. Il aurait fallu que je sois « nature », comme un yogourt, pas de goût. Que je sois de bon goût.

Pourquoi tu te maquilles comme ça ?
C'est pas beau.
Tu devrais t'en mettre moins.

Il était donc laid, mon barbouillage, ce texte d'yeux, de joues et de bouche que je surlignais, comme si je voulais revendiquer quelque chose. Je ne savais pas ce que mes pancartes disaient. Est-ce qu'elles chantaient la tendresse que j'éprouvais envers moi-même chaque matin, en me penchant sur moi ? Peu importe. Quand ces gars-là critiquaient mon maquillage, j'avais l'impression qu'ils crachaient sur mes mots. Ils me décernaient, me retiraient des étoiles, s'essuyaient les pieds sur ma peau.

J'étais comme ces filles paresseuses qui, paradoxalement, en font trop, comme ces écrivaines à qui on demande d'avoir un style moins pompeux. On traîne encore nos textes démesurément longs avec honte. C'est vrai, on ne vaut pas grand-chose, et sûrement pas trois astres. Trop répétitives, croûtées, poudrées et fardées, avec nos rallonges clippées sur nos crânes.

Aujourd'hui, je sais dire *ta gueule* à qui m'emmerde. J'ai compris que mon corps n'appartient qu'à moi et que je ne l'écris pas seulement ou surtout, pour les autres. Je l'écris pour moi.

Dès Platon, qui condamne « la recherche d'une beauté empruntée[1] », la *kosmètike* ou « toilette » est considérée comme une chose malfaisante parce que trompeuse. *Pour toute une tradition dont nous sommes encore aujourd'hui les héritiers, le fard sera [...] perçu comme l'indice d'une lacune originelle, le voile d'une laideur toujours pressentie sous la virtuosité des masques, le signe d'une imperfection que l'art chercherait à dissimuler*[2]. Si j'écoute Platon, je serais donc une menteuse, mais aussi porteuse d'un défaut immense que, chaque matin, j'essaie de faire disparaître.

On préfère railler les visages fardés plutôt que de louer le talent artistique dont ils sont la preuve. On se moque des filles qui se pomponnent « trop », parce qu'elles usent de l'artifice, et qu'on croit l'artifice opposé à la beauté. Comme la fioriture de style, le maquillage est élégant, jusqu'à ce qu'il devienne excessif ou de mauvais

1. Jacqueline Lichtenstein, *op. cit.*, p. 63.
2. *Ibid.*, p. 67.

goût. C'est peut-être pour cette raison-là qu'un jour, une autrice avec qui je parlais de mon intérêt pour le maquillage s'est empressée de me dire qu'elle ne s'était jamais maquillée et qu'elle en était fière. Alors, moi qui suis maquillée, devrais-je avoir honte ? Suis-je une illusionniste, une magicienne à deux balles et sans lapin dans mon chapeau ? Suis-je une menteuse, avec tout ce noir sous les yeux ?

On dirait que le maquillage ne nous semble acceptable que lorsqu'il se cache, occulte le geste même qui l'a fait naître. On tolère l'artifice s'il est doublement mensonger et qu'il camoufle sa véritable nature. Ça passe quand ce n'est pas voyant et que ça a l'air « naturel ». On applaudit le « no makeup » makeup look, ce maquillage savamment invisible, qui ne dit pas ce qu'il est. On aime les looks qui subliment subtilement une beauté préexistante sans venir modifier drastiquement les traits du visage. Pas de métamorphose, mais un éclat délicat, une touche de fard qui se déguise en vraie peau, qui tente par tous les moyens de ne pas crier : fiction ! *L'ornement ne doit pas se voir, mais faire voir, il lui faut montrer sans se montrer*[1]. C'est ça, dit-on, le bon goût.

Il y a plus de deux mille ans, le poète Ovide, *mansplainer*[2] en herbe, avisait les femmes de se maquiller dans le

1. *Ibid.*, p. 255.

2. *Mainsplainer*, de l'expression « mansplaining », désigne l'homme (*man*) qui explique (*explain*) à une femme quelque chose qu'elle sait déjà, dont elle est l'experte.

plus grand des secrets : « Que votre amoureux ne vous surprenne pas, avec toutes vos petites boîtes alignées sur la table ! Utilisez-les en cachette[1] », indique-t-il dans *L'Art d'aimer*. Les cosmétiques, qu'il conçoit comme les armes nécessaires d'un « combat » hétérosexuel, donneraient à voir un spectacle choquant. Le poète demande aux soldates de prétendre qu'il n'y a tout simplement pas de conquête à mener. Seuls les hommes ont le droit d'en entreprendre (et de les multiplier). Les femmes qui manifestent leur désir délibéré de plaire risquent de passer pour des prostituées. La toilette féminine paraît obscène, parce qu'elle met en évidence une recherche de plaisir, mais aussi parce qu'elle traduit une situation où la femme est l'auteure de sa propre image. Le spectacle qu'offrent ses « petites boîtes alignées sur la table », ce sont toutes les techniques, savoirs et connaissances qu'elle possède pour en user, et qui semblent menacer celui ou celle qui n'est pas initié·e.

Je me souviens d'une *date*. Un homme était venu chez moi pour m'aider à réparer mon ordinateur. Il est parti aux toilettes et quand il est revenu de la salle de bains, son visage avait changé. Il avait l'air surpris, presque dégoûté. Il m'a parlé de mes trois pots Mason remplis de pinceaux, ceux qui sont alignés au-dessus de mon lavabo. Après ça, il ne m'a jamais rappelée.

1. Ovide, *L'Art d'aimer* (traduction et adaptation de Michel Grodent), Bruxelles, Éditions Complexe, 2005, p. 86.

Les hommes désirent la beauté, mais ils ne veulent pas voir le travail qu'elle sous-tend; ils ne souhaitent pas voir l'espace que la beauté occupe[1]. On tient mordicus à l'illusion d'une beauté qui se conformerait aux normes esthétiques, mais qui ne s'appuierait sur aucune technologie. On désire une beauté rêvée; naturelle et sans effort, immanente. On veut des blondeurs virginales, mais on ne veut pas entendre parler de peroxyde. On veut des peaux douces, mais qu'aucune crème, aucun rasoir n'aurait touchées. On veut croire à une impossible perfection, même si pour ça, il faut qu'on nous mente, pourvu qu'on ne se sache pas trompé·e. En fait, on refuse de considérer la beauté comme une construction, alors même qu'on la conceptualise différemment en fonction des époques et des cultures et qu'au-delà de l'idée qu'on se fait d'elle, elle résulte d'un travail qui occupe un espace-temps bien réel. C'est une pratique qui requiert des outils qui font du bruit : le cliquetis feutré et métallique du tube de rouge, par exemple. L'entreprise Guerlain aurait d'ailleurs testé des dizaines de tubes de rouge avant de choisir le boîtier le plus silencieux, pour que les retouches de maquillage en public n'attirent pas l'attention. La journaliste beauté Arabelle Sicardi, que ce genre de souci pour les détails a le don d'attendrir, voit pourtant dans ce type d'effort une énième façon d'invalider l'expérience des femmes.

---

1. Arabelle Sicardi, « Beauty is Broken », *Medium*, en ligne : https://medium.com/matter/beauty-is-broken-62dfd2be69df, publié le 10 décembre 2015.

Ma traduction : « Men want beauty, but they don't want to see the work; they don't want to see the space beauty takes up. »

Ce serait *un autre exemple de la manière dont on a façonné la réalité des femmes dans le monde afin qu'elles soient vues, jamais entendues ; connues, mais jamais crues ; désirées, mais jamais dignes de confiance*[1]. Il est vrai que j'aimerais parfois faire comprendre et entendre à quel point ça me coûte, d'être cute. Combien d'heures je passe à m'épiler le maillot, faire disparaître ma moustache, soigner mes cheveux et rougir mon sourire. À tous ceux qui likent mes pics de chick, qui m'envoient des « magnifique » et des cœurs numériques, à ceux qui ne se regardent dans le miroir que pour se brosser les dents, je voudrais dire tout le temps et l'argent que je dépense pour récolter leurs commentaires. Je voudrais qu'ils sachent que des fantasmes comme ça, ça coûte cher. J'aimerais qu'ils voient mes outils dans ma salle de bains et qu'ils entendent leurs cliquetis. À quoi bon en faire taire la musique ? C'est aussi ça, une pic de chick.

Le produit de ce labeur s'évalue en émotions plus qu'en dollars, des biens immatériels qui, à leur manière, infléchissent le flux du capital et bouleversent l'ordre social. Durant la Seconde Guerre mondiale, on encourageait les femmes à soigner leur apparence pour requinquer le moral des troupes. Le rouge à lèvres, Victory Red,

---

1. Arabelle Sicardi, « A History of Lipsticks as Warfare », *The Cut*, en ligne : https://www.thecut.com/2018/10/a-history-of-lipstick-as-warfare.html, publié le 12 octobre 2018.

Ma traduction : « But today it feels like another example that the reality of women's existence in the world has been shaped to be seen, never heard ; witnessed, but never believed ; desired but never trusted. »

Regimental Red ou Commando[1] participaient à l'effort de guerre, ses retombées psychologiques étaient collectives et concrètes. C'était un symbole de force et de fierté patriotique. Ce n'est que militarisé et instrumentalisé par l'État qu'on reconnaît le maquillage comme un vrai travail. Moi, personne ne m'a jamais dit que j'aidais les gens à se sentir bien, avec mon mascara. Pourtant, j'ai été serveuse dans les restaurants et dans les bars et j'ai vu combien mon apparence importait, non seulement dans le processus d'embauche, mais aussi sur le plancher. En effectuant le labeur de la beauté, en me pliant à certains codes, je montrais au client ou à la cliente que je souhaitais lui plaire. Je mettais ainsi en scène mon attention à leur égard : un souci d'autrui, une considération pour le regard posé sur nous. Pour les mêmes raisons, j'ai souri à mes client·es, j'ai feint la bonne humeur et j'ai fait semblant de rire de leurs mauvaises blagues. Mon corps, mon visage et mes oreilles : tout entière, je me suis donnée.

1. Marlen Komar, « Makeup & War Are More Intricately Connected Than You Realized », *Bustle*, en ligne : https://www.bustle.com/p/makeup-war-are-more-intricately-connected-than-you-realized-51078, publié le 28 octobre 2017.

À 19 heures, j'ai une date avec un sugar daddy. Je me maquille et ça me rappelle la chorégraphie du selfcare que je retournais contre moi, avant d'aller travailler dans les bars. Cette danse où je me donnais pour presque rien. Mon truc, c'est la musique. J'écoute Tupac, du disco, n'importe quoi capable de me faire bouger. Je m'imagine alors me préparer pour une fête où je vivrais le time of my life, hot stuff.

Je m'invente une piste de danse devant le miroir, je danse, m'élance, jusqu'à ce que mes yeux roulent sur mes jambes potelées, mes chevilles grossières. Je n'ai pas le physique d'un mannequin. Je devrais peut-être faire un prix à mon sugar daddy ? Je me rassure en me disant que mes deux maîtrises font peut-être de moi une denrée rare, une babe futée. Knock on wood, que je me dis. Je cogne sur ma commode en contre-plaqué. Mes yeux glissent à nouveau sur ce qui ne va pas. Des poils noirs, récalcitrants. Pourtant, ça fait une heure qu'écartelée dans mon salon, je m'épile à la cire chaude. Peine perdue, il reste toujours des zones imparfaites, des pores, des preuves visibles de ma fiction, et l'odeur acide de mon stress. Devrais-je lui faire un rabais ? Disco Inferno, Ring My Bell, I Love to Love, oublier. Mais la question revient sans cesse me hanter : devrais-je lui faire un rabais ?

La désirabilité physique joue un rôle social et économique qui dépasse largement le cadre de l'attirance sexuelle, mais elle n'a pas toujours été au centre de nos considérations. Ce n'est qu'au début du 20e siècle qu'elle a pris de l'importance. À ce moment-là, les critères pour évaluer nos partenaires amoureux ont changé et se sont diversifiés. L'endogamie, c'est-à-dire le fait de s'unir au sein d'un même groupe social, se fragilisait. L'appartenance à un groupe ne suffisait plus à orienter nos choix matrimoniaux. Plus que jamais, on voulait des partenaires sexy. On les voulait beaux et séduisants, comme ces visages que l'on swipe right sur Tinder, sans rien connaître d'eux, en se fiant seulement à un sourire, des dents ou un morceau de muscle. La beauté physique a gagné en importance, et avec, tout ce qui permet d'y accéder. Le marché a été inondé de produits cosmétiques.

Encore aujourd'hui, la beauté physique promet l'amour et la mobilité sociale. Grâce à elle, de nouvelles alliances sont possibles, non plus fondées sur l'appartenance de classe, mais sur des critères esthétiques. Pour épouser le capitaine, plus besoin d'être baronne. Suffit d'être belle. En tentant d'expliquer notre conception moderne de l'amour, la sociologue Eva Illouz remarque : *Grâce à la disparition des mécanismes formels de l'endogamie, le XX*[e] *siècle a été le témoin de la formation d'un nouveau capital circulant dans les champs sexuels, que nous pourrions appeler « capital érotique »*[1]. Or, en se maquillant, on fait fructifier sa valeur, on augmente son coefficient de désirabilité. L'érotisation du corps est un processus de longue haleine. Il se compte en minutes ou en heures passées à la salle de sport, ou alors devant le miroir, à raidir ses cheveux. Mais cet investissement peut porter ses fruits, car plus on est séduisant·e, plus on jouit de privilèges : de tips généreux, de traitements de faveur, de passe-droits.

L'importance grandissante du capital érotique de chacun explique l'apparition de campagnes publicitaires liant explicitement les produits cosmétiques au sex-appeal. C'est le cas de la campagne Fire & Ice, vantant les produits de la marque Revlon, une des premières en son genre. Lancée en 1952, elle connaît un succès historique. Ses pubs louent les mérites d'un rouge à lèvres et d'un vernis à ongles de même couleur, une teinte cramoisie qu'on destine à la femme « de glace et de feu », cette créature enfermée dans la posture antinomique du glamour ;

1. Eva Illouz, *Pourquoi l'amour fait mal ?* (trad. de l'anglais par Frédéric Joly), Paris, Éditions Points, 2014, p. 111.

lascive, mais chaste. Je la connais, cette femme-là. C'est celle que j'ai souvent voulu incarner.

Un test psychologique accompagnait la photo pleine page d'une star en robe à paillettes : 15 questions auxquelles les femmes devaient répondre pour déterminer si elles aussi étaient des Fire & Ice bunnies. Au bout de huit « oui », la certitude que la gamme de produits est faite pour nous est acquise.

Avez-vous déjà dansé pieds nus ?
Avez-vous déjà fait un vœu à la nouvelle Lune ?
Avez-vous déjà voulu porter un bracelet de cheville ?
Espérez-vous secrètement que le prochain gars que vous rencontrerez sera psychiatre ?

Je reviens de ma séance chez mon psy. J'ai le glamour en pyjama : je suis celle qui mange un sandwich et perd une heure à scroller sur Instagram. Pourtant, je veux dire à Revlon que moi aussi, j'aime jouer avec le feu. Oui, c'est vrai, je patine sur les lacs à peine gelés. Je veux répondre oui à toutes les questions Revlon. Oui, la musique tsigane me rend triste. Et oui, oui, oui, si c'était possible de partir en voyage sur Mars, je partirais là-bas, j'y ferais la touriste. Je suis le genre de femme qui ne suit pas les recettes, qui met deux pincées de tout quand il en faut juste une. Je suis une fille qui danse pieds nus et qui ferme les yeux quand on l'embrasse. Et moi aussi, Revlon, la fourrure m'excite, même (et surtout) sur le corps des autres femmes. Moi aussi, je rougis. Et dans les fêtes arrosées, je panique au début, puis je finis toujours par passer une belle soirée. Oui, oui, oui à toutes les questions. Je suis la femme Fire & Ice, moi aussi. Je suis du genre à me faire des mèches blond platine sur un coup de tête, sans consulter mon mari. Fire & Ice. Je lève la main, comme si je voulais parler. Je couine doucement dans mon appart vide. OUI.

J'ai répondu « oui » aux 15 questions. J'ai l'impression que Revlon est descendu en moi pour aller parler à mes désirs de petite fille. Cette petite fille-là chante, les poignets cerclés de bracelets d'amitié. Elle rêve de mèches blond platine et de fêtes clandestines. Elle ne sait pas encore qu'au cœur de la fête, une autre fête se terre, un vertige qu'elle souhaitera toujours plus grand. Il faut parfois s'approcher de la mort pour se sentir vivant.

Et comme l'héroïne de Jean Rhys dans *Bonjour, minuit, oui, je suis triste, triste comme une bête de foire, triste comme un aigle sans ailes, triste comme un violon avec rien qu'une corde et une corde pétée, en plus, triste comme une femme qui vieillit. Triste, triste, triste… Ou peut-être que si je disais juste « fuck », on comprendrait*[1]. Moi aussi, Revlon, je m'approche de la mort, je joue avec le feu, je

1. Jean Rhys, *Good Morning, Midnight*, Londres, Pocket Penguins, 2016 [1939], p. 34.

Ma traduction : « Yes, I am sad, sad as a circus-lioness, sad as an eagle without wings, sad as a violin with only one string and that one broken, sad as a woman who is growing old. Sad, sad, sad… Or perhaps if I just said 'merde' it would do as well. »

patine sur une mince couche de glace et je mets deux pincées de sel dans ma soupe. Mais j'ai beau suspendre le temps chaque matin, *le corps féminin [est construit] comme une unité définie par la chronologie (et de cette façon menacée par le délabrement)*[1]. Je suis Fire & Ice, mais bientôt, je ne pourrai même plus avoir d'enfant. Si tu savais, Revlon. Je suis un aigle qui survole tout, même sa propre disparition.

1. Eva Illouz, *op. cit.*, p. 152.

Le maquillage permet parfois de traverser la nuit, mais il ne faut pas croire qu'il possède un pouvoir de résilience fondamental. La nature de mes fards est plurielle, paradoxale et fuyante. Ils m'oppriment et me délivrent, ils m'accablent et me ruinent. De fait, si se mettre du rouge à lèvres est un geste anodin, pour d'autres, moins privilégié·es, il peut s'avérer un acte de résistance phénoménal.

Prendre soin de moi n'est pas un acte de complaisance, c'est un geste de survie et ce geste est une guerre politique[1], a écrit la poète afro-américaine Audre Lorde, alors qu'elle se savait atteinte d'un cancer incurable. Aujourd'hui, bon nombre d'entreprises ont fait de cette citation un argument publicitaire. Elles l'ont récupérée, puis tordue, pour vendre du selfcare en crème, en poudre, ou en masque. Moi-même, j'ai fini par confondre le soin de soi avec un

1. Audre Lorde, *A Burst of Light and Other Essays*, Mineola, Ixia Press, 2017 [1988], p. 130.

Ma traduction: « Caring for myself is not self-indulgence, it is self-preservation, and that is an act of political warfare. »

acte de consommation. Il est devenu le théâtre d'un processus que je documente à coups de selfies. Je me mets en scène, le visage barbouillé de boue, des concombres sur les yeux, en train de « prendre soin de moi ». Le geste du #selfcare se convertit en images, en produits. Sa dimension politique se volatilise, ou bien elle se fait emporter quelque part au loin, sur les ailes du capital.

Pourtant, au moment où elle a rédigé sa célèbre phrase, Lorde méditait sur son désir de survivance, désir qui entrait en contradiction avec celui d'une société raciste et homophobe, qui la prédisposait à la mort. Peu de temps après son diagnostic, Lorde oscillait entre le déni et la réalité de sa mort prochaine, à vous glacer le sang. Dans son journal intime, elle suppute : peut-être que j'ai le cancer du foie, peut-être que non. Puis, comme pour embrasser la perspective d'une mort imminente, elle déclare : « D'une façon ou d'une autre, je demeure un otage. Alors, qu'est-ce que ça change[1] ? » Car on menace sans cesse la vie des femmes comme elles, noires et lesbiennes. Leur disparition plane sur leur existence comme dix ours. Elles ne sont pas mortes qu'on voudrait déjà les effacer, les rendre invisibles, les rayer du discours, du paysage. On oublierait même de pleurer leur mort.

Les femmes de couleur ont longtemps été les grandes oubliées de l'industrie du maquillage. Sans surprise, elles peinent encore à trouver des produits adaptés à la

1. *Ibid.*, p. 145.
Ma traduction : « Either way, I'm a hostage. So what's new? »

carnation de leur peau. Il aura fallu l'avènement de la marque Fenty Beauty, lancée en 2017 par la pop star Rihanna, pour que l'inclusivité devienne un enjeu incontournable du secteur des cosmétiques. En commercialisant un premier fond de teint Pro Filt'r qui se déclinait en 40 nuances, Rihanna change les règles du jeu. Ce vaste choix soulignait à la fois l'existence d'une multiplicité de couleurs de peau nécessitant un fond de teint adapté, mais aussi le manque à gagner de l'industrie cosmétique, qui, en offrant jusque-là des produits ne s'adressant qu'à une clientèle blanche, s'était privée de revenus possibles et répétait sans cesse la violence de l'effacement.

Quand on lutte pour survivre à un système qui voudrait nous effacer, on pose un geste radical[1]. Ce self-care-là est politique, car comme l'avance Sara Ahmed, théoricienne américaine et féministe « killjoy », *certaines personnes doivent prendre soin d'elles-mêmes parce qu'on ne s'occupe pas d'elles ; on ne les soutient pas, on ne les protège pas et on ne les soigne pas*[2]. Elles doivent constamment résister aux logiques qui les avalent. Parce que *we don't give a shit, we don't care*, il faut chanter la survie comme un refrain. Elles le fredonnent toute la journée, pour qu'il s'enracine dans leur tête. La répétition a une vertu mnémonique. Il faut chanter pour rappeler au corps de ne jamais baisser la garde, de continuer de résister, continuer d'exister.

1. Sara Ahmed, *Selfcare as Warfare*, en ligne : https://feministkilljoys.com/2014/08/25/selfcare-as-warfare/, publié le 25 août 2014.

2. *Ibid.*

Dans un GIF, une image animée partagée sur les réseaux, Gloria Gaynor répète sans cesse : *I Will Survive.*

Do you think I'd crumble
Did you think I'd lay down and die ?
Oh no, not I, I will survive

Ça fait trois jours que j'écoute la chanson en boucle, comme soûlée de sa rage si douce. Gaynor chante un désir politique, celui de ne pas disparaître. C'est un hurlement, un appel à prendre le pouvoir qui m'a bercée chaque fois que j'étais en peine d'amour. J'ai aimé inconditionnellement des gars qui m'ont traitée comme un chien. Ces gars-là, je les ai vus traiter mes amies de la même manière. Ils s'essuyaient sur nos pistils de supermarché, ne répondaient pas à nos cartes postales, nos textos. Du jour au lendemain, ils cessaient de nous rappeler. Ça leur semblait naturel de nous mastiquer la bouche ouverte, sans considération aucune pour ce qui, en nous, était friable. À force de nous faire traiter ainsi, à nous faire déshumaniser, cette maltraitance a fini par nous paraître naturelle, presque normale, un rituel. C'est à se demander si on ne fomentait pas une destruction programmée de notre psyché. Je ne crois pas que *what doesn't kill you makes you stronger*[1], cette maxime qu'on

1. Cette formule du philosophe allemand Nietzsche a été reprise à toutes les sauces dans la culture populaire américaine, notamment dans les chansons « Stronger » de Kanye West et « Stronger (What Doesn't Kill You) » de Kelly Clarkson.

murmure aux oreilles des gens abusés, manipulés, pour leur faire croire que le meilleur les attend, que ce qu'ils ont enduré sert une cause plus grande et leur permettra bientôt d'atteindre leur épanouissement personnel. C'est une chose, le rejet, le deuil et la peine d'amour, mais l'abus, la manipulation et la violence systémique ont des conséquences graves qui transcendent les générations et marquent durablement les corps. Quant à moi, je suis sortie de la vingtaine humiliée, brisée et presque atone. Aujourd'hui, je ne m'étonne plus de ne rien ressentir. À personne de pieds, de mains, à personne de cheveux sous les doigts, je pèse moins lourd comme ça.

Dans mes moments de tempête, combien de fois ai-je joui en m'imaginant reprendre mes droits sur ce corps dont on avait tant abusé ? L'espace d'une chanson, je me voyais leur claquer la porte au nez, à ces cons. Moi, la fille qui *[avait] aimé un homme avec plus de mains qu'un défilé de mendiants* et qui se retrouvait vide, avec *le cœur qui suint[ait] un truc tellement puant que ça sent[ait] jusque dans la rue*[1]. J'allais survivre sans eux.

Je ne suis ni la première ni la dernière à fantasmer cette revanche. Au lycée, ma prof d'anglais disait que *I Will*

---

1. Marty McConnell, *Frida Khalo to Marty McConnell*, en ligne : https://martyoutloud.com/fridakahlotomartymcconnell, page consultée le 23 avril 2020.

Ma traduction : « you loved a man with more hands than a parade of beggars, [...] heart leaking something so strong they can smell it in the street. »

Survive était LA chanson qui ne manquait jamais de rallier les femmes sur la piste de danse. Cette chanson-là brisait l'ennui de toutes les fêtes. Dès les premières notes de piano, petites ou grandes, jeunes ou âgées, les femmes couraient exécuter la chorégraphie de leur survivance. Et si l'hymne disco sonne comme un triomphe, c'est parce qu'il fait de notre capacité à aimer la condition même de notre survie[1], parce que *as long as I know how to love I know I'll stay alive*. Il en découle un pouvoir qui n'a rien à voir avec la domination ou l'anéantissement d'autrui. C'est le pouvoir dans son incarnation première, le pouvoir au sens propre du terme, du latin *potere*[2], qui renvoie à la capacité de faire quelque chose. Être capable d'aimer, c'est peut-être ça, la vraie puissance.

Lancée en 1978, la chanson de Gaynor rallie non seulement les femmes esseulées, mais aussi les communautés LGBTQ+ américaines. En fait, *I Will Survive* est même l'hymne gai par excellence. Comme d'autres chansons disco, elle a aidé les familles choisies queer à traverser des périodes sombres, comme l'épidémie de sida des années 80. Elle signalait leur existence et elle chantait leur volonté de vivre leur vie et de la célébrer. Il faut se rappeler les racines mêmes du disco, un genre

1. Nadine Hubbs, « 'I Will Survive': musical mappings of queer social space in a disco anthem », *Popular Music*, vol. 26, nº 2, mai 2007, p. 237.

2. Starhawk, *Rêver l'obscur. Femmes, magie et politique* (trad. de l'anglais par Morbic), Paris, Éditions Cambourakis, coll. Sorcières, 2015, p. 38.

musical qui prend vie à New York, dans les boîtes de nuit fréquentées par la communauté homosexuelle, latine et afro-américaine. Avant de devenir mainstream, le disco rythmait l'existence des gens en marge. Mouvement fédérateur, il chantait la survie de ceux et celles qu'on voulait effacer, à une époque où les homosexuel·les devaient encore se battre pour que leur existence soit reconnue. *Car la souffrance de tous ceux d'entre nous qui sont jugés autres [...] n'est pas la souffrance d'une simple discrimination, mais celle d'une négation répétée sans cesse*[1], écrit la militante écoféministe américaine Starhawk.

Ce que dit aussi *I Will Survive*, c'est que la résistance débute à l'intérieur de ce corps qu'un système patriarcal, raciste et classiste tente par tous les moyens d'éliminer. Ainsi, le selfcare exige un mouvement, non pas de repli sur soi, mais bien de retour *vers* soi. En prenant soin de nous, c'est à notre propre regard qu'on se révèle. Cette chose que l'on tait, notre chair, nous apparaît soudain. Et c'est seulement une fois qu'on a pris conscience de sa vie qu'on peut lutter pour elle.

1. *Ibid.*, p. 42.

En prison, se maquiller est un rituel humanisant. Le système carcéral dégrade l'individu en lui dérobant son individualité. Il le condamne à l'anonymat et lui confisque son désir de plaire ou de se faire valoir. Le détenu est réduit à sa plus simple expression : un corps asexué vêtu d'uniforme impersonnel. Tout se passe comme si les prisonniers et les prisonnières n'avaient plus le droit à l'amour-propre et à la séduction. Pour les femmes, c'est d'autant plus difficile que le régime carcéral n'est pas nécessairement adapté à leurs besoins ; il s'est d'abord développé autour des hommes. Il arrive par exemple que les produits d'hygiène féminine manquent et que les cosmétiques soient interdits ou difficiles à se procurer. Dans le reportage *What Beauty is Like Behind Prison Bars*[1], on apprend qu'aux États-Unis, certaines prisonnières doivent offrir des faveurs sexuelles aux gardiens pour pouvoir

1. Refinery29, *What Beauty is Like Behind Prison Bars*, en ligne : https://www.youtube.com/watch?v=Dp1DFvQTcJk, publié le 2 juin 2018.

obtenir des tampons, des crayons de couleur (qu'elles utilisent pour se maquiller) ou du lipgloss.

Sur YouTube, l'ancienne détenue Lizzie Kommes parle de *Jailhouse Makeup*[1]. Elle décrit les astuces que déploient les femmes du county jail[2] pour orner leur visage d'un peu de dignité. Leur résistance politique nécessite une poignée d'articles qu'elles peuvent facilement trouver en prison : les pages lustrées d'un magazine, un bâton de déodorant, du café instantané, de la vaseline et du Kool-Aid. Un sourire au visage, Lizzie s'adresse à la caméra en grondant sporadiquement son chat Velvet. Le grelot attaché au collier du chat n'arrête pas de tinter et ça me rassure. C'est le signe que Lizzie n'est plus en prison, la preuve qu'elle me confie des trucs qu'elle n'a plus à envisager. Cela fait un bail, mais elle se souvient encore des gestes. Pour se farder les yeux, elle frotte le déodorant sur une publicité : la somptueuse robe rouge d'une mannequin, par exemple. L'antisudorifique absorbe peu à peu le pigment du papier et c'est cette substance qu'elle applique sur ses paupières avec ses doigts. Il y a quelque chose d'émouvant dans le fait de la voir partager ses recettes et s'émerveiller du combo presque magique que forment le papier glacé et le déodorant.

---

1. Lizzie Kommes, *Jailhouse Makeup*, en ligne : https://www.youtube.com/watch?v=ngZUTThsDns, publié le 22 mars 2019. (Merci à Olivia Tapiero de m'avoir partagé cette vidéo).
2. Aux États-Unis, les county jails sont des prisons de comté.

Pour fabriquer son mascara, Lizzie utilisait du café et de la vaseline, qu'elle mélangeait avec un peu d'eau. Puis c'est au tour des lèvres, qu'elle enduisait de Kool-Aid. « The cool thing about this is that it tastes good too », ajoute-t-elle. Puis : « I think I coffeed my eyes, though[1]. »

Quand on s'oppose au système qui voudrait notre mort, il faut faire preuve de créativité. La vie en mode survie exige de composer avec ce qu'on a. L'ingéniosité des détenues n'est d'ailleurs pas chose nouvelle. Le nez plongé dans des archives numérisées, je lis dans un vieux journal hebdomadaire datant de 1908[2] l'histoire de ces femmes de la prison de Milan qui léchaient et mastiquaient la chaux des murs de leur cellule afin d'en faire une pâte blanche dont elles s'enduisaient le visage. L'une d'elles s'est même fabriqué un fard à joues à l'aide d'un fil rouge qu'elle a décousu de ses vêtements et fait tremper. Une autre s'est confectionné un corset avec la grille d'une fenêtre.

Pour discipliner les détenues, le directeur de la prison s'était promis de les enlaidir. Celles qui abandonnaient

---

1. « Ce qui est sympa avec le Kool-Aid, c'est que ça goûte bon. » Puis : « Ah, mais je pense que j'ai caféiné mes yeux. »

2. Anonyme, « Vanity, Too, Laughs at Locksmiths », dans *The Mitchell Capital*, Mitchell, Dakota du Sud, 7 février 1908, archive numérisée dans le cadre du projet *Chronicling America: Historic American Newspapers* (par Library of Congress et National Endowment for the Humanities), en ligne : https://chroniclingamerica.loc.gov/lccn/sn2001063112/1908-02-07/ed-1/seq-12/.

toute tentative de coquetterie pouvaient porter un uniforme cintré, tandis qu'on imposait aux plus récalcitrantes un habit grossier et encombrant. Véritable sac à patates, ce vêtement avait pour but de les humilier en ridiculisant leur désir d'être belles. L'article prétend que seulement quelques semaines après la mise en place de cette punition, les détenues seraient miraculeusement devenues des anges.

Si le désir sexuel des femmes nous paraît criminel, leur désir de plaire semble doublement compromettant. Avant de s'adresser à l'autre, la coquetterie vise d'abord soi. Quand je me maquille, c'est avant tout à moi que je veux plaire. Je me séduis, je prends la mesure de mon être. Une femme qui s'aime, même l'espace de cinq minutes dans le miroir d'un bar, c'est une femme qui se tient dans son pouvoir, qui n'a pas besoin du regard de l'autre pour exister. Or, cette femme-là fait peur. On voudrait nous faire croire que le désir de plaire relève de la vanité pure, qu'il est frivole. Pire, il dénoterait une défaillance, un genre de trou. La vanité, comme son homologue latin *vanitas* désigne « ce qui fait dire des choses creuses [1] », sans importance. On pense que, comme le vide, les coquettes aspirent tout sur leur passage, nous menacent. Il faut se méfier d'elles et, surtout, craindre leur surface. Car si elles séduisent, ces femmes qui s'aiment peuvent aussi détruire, à la manière des trous noirs. Devant la peur qu'elles nous inspirent, on les dénigre, les dégrade. On les

---

1. Définition du terme latin *vanitas*, selon Antidote.

compare à des coquilles vides ; sous leur corps soigné, ce serait le néant, le vide intersidéral.

L'histoire de la prison de Milan ressemble à une blague sexiste. Vraie ou pas, elle alimente un stéréotype de genre qui relègue les femmes à la surface, comme si elles étaient des êtres fondamentalement superficiels, parce que coquets. Rester en surface, c'est rester conne, c'est être incapable d'aller au fond des choses, de couler vers cette profondeur où se cache supposément une vérité essentielle. Moi, ce fond, je le tape avec mon pied pour m'extraire du chlore turquoise d'un après-midi d'été.

La supériorité du dedans sur le dehors n'est rien d'autre qu'une idéologie patriarcale, une énième itération d'une fausse dichotomie : celle du corps et de l'esprit. Le corps, externe et profane, serait la cabane vulgaire de l'esprit, intellectuel et pur. La hiérarchie insidieuse opposant l'intérieur à l'extérieur traverse d'ailleurs l'ensemble de l'épistémologie occidentale. Même Ferdinand de Saussure, père de la linguistique moderne, considérait l'écriture comme un succédané de la parole, car le signe représentait l'extériorisation, et donc la dénaturation, d'une parole intérieure soi-disant plus « proche » d'une vérité transcendantale.

Étrangement, le discours cosmétique privilégie lui aussi une telle hiérarchie. Par exemple, mes maquilleuses préférées ne jurent que par le glow, cette luminosité fraîche et humide, *dewy*, comme la rosée. *Cette quête d'une carnation idéale, lumineuse, radieuse comme un reflet de notre être, physiologique (je suis en bonne santé) et psychique (je suis pleine d'entrain, de vitalité, d'énergie), semble devenue mondiale*[1]. Bien sûr, il existe une quantité affolante de produits qui promettent de donner à la peau du visage cet éclat. Mais l'essence du glow, c'est qu'il irradierait d'abord de l'intérieur, qu'il traduirait une supposée « lumière intérieure ». Le teint radieux et glowy viendrait d'un feu intime, qui serait moins le fait d'un bon illuminateur que d'un régime de vie sain. Le but n'est donc pas d'appliquer de la lumière sur son épiderme et de l'illuminer « artificiellement », mais de réussir à devenir cette lumière. Ce qui est interne nous semble toujours plus vrai, plus signifiant.

Je ne crois pas qu'on puisse me diviser entre un dehors trompeur et une vérité intérieure. Et si notre vérité pénétrait par les pores de notre peau et en exsudait ? Et si notre profondeur pouvait se lire sur notre surface, qu'elle la constituait, et ce, que celle-ci soit poilue ou meurtrie ? Qu'elle prenait parfois la forme de cette peau fardée de prisonnière survivante, cette ingéniosité emplâtrée, ce petit bout de vie transitoire, ces joues qui, comme des lucioles dans la nuit, rougissent, bien qu'elles soient condamnées à moisir dans une cellule à perpétuité,

1. Zineb Dryef, « La beauté "naturelle", signe extérieur de richesse », dans *Le Monde*, en ligne : https://www.lemonde.fr/m-le-mag/article/2019/04/19/la-beaute-naturelle-signe-exterieur-de-richesse_5452583_4500055.html, 19 avril 2019.

jusqu'à la mort ? La profondeur peut aussi être un rapport à soi, un désir de revenir *vers* soi. Et se rencontrer me paraît être moins une affaire de dedans et de dehors, que de plénitude, ce moment total où l'enveloppe et l'enveloppée ne font qu'un et s'enlacent en se disant « Ça va aller ».

Chaque seconde se répand en or liquide sur mon plancher et je ne cueille rien, surtout pas le jour. Je refais cinq fois ma ligne de eye-liner. Montréal étant en quarantaine, coronavirus oblige, le seul à voir mon trait de liner parfait est le caissier du supermarché. Derrière une paroi de plexiglas, il me demande si j'ai la carte de points. #çavaaller

À 14 heures pile, le soleil frappe ma fenêtre, coule en miel dans mon salon. Tout le monde sait qu'avoir un bon éclairage, c'est le truc pour prendre de bonnes photos. Et justement, à cette heure-là, mes yeux sont plus verts que jamais. C'est le moment de prendre ce selfie qui poussera le sociologue de Los Angeles à m'écrire, après deux ans de silence et en pleine crise sanitaire : « I've just noticed your new profile picture. How nice [1] ! » Sur le site de SeekingArrangement, un homme qui pourrait être mon grand-père me trouvera lui aussi gorgeous et un autre

1. « Je viens de remarquer ta nouvelle photo de profil. Trop bien ! »

m'écrira, en citant à tort Confucius: « Ce n'est pas parce qu'il y a pandémie qu'on ne peut pas se faire des amis. »

Le monde est confiné, mais mon eye-liner perturbe ses chairs.

Si je vais sur ce genre de site, c'est que je veux du cash. Pas pour m'acheter du maquillage, pour me faire justice. J'ai tant donné sans recevoir. On m'a fait croire aux échanges mutuels, sincères et respectueux, mais il n'y a jamais eu d'échange. J'ai baisé pour qu'on m'aime et j'ai déballé du vent. Si on veut fourrer ma blessure, il faudra payer le pansement.

Parce qu'elle exacerbe les différences de classes et souligne les privilèges des uns et la vulnérabilité des autres, on écrit un peu partout dans les journaux que la pandémie détruit petit à petit les stratégies d'approche des célébrités à l'égard de leurs fans. Au lieu de nourrir le sentiment de proximité que les influenceurs·euses cultivent d'ordinaire si habilement, la crise nous oblige à contempler le fossé qui nous sépare d'eux. Sur Instagram, je regarde Kylie Jenner, la reine des rouges à lèvres, cuire un gâteau au citron, comme si l'apocalypse n'était que l'occasion de rester chez soi, de « cocooner », comme on dit. Sa sœur, Kim Kardashian, continue de vouloir me faire acheter des slips, tout en envoyant des bisous virtuels aux infirmières parce qu'elles travaillent fort. C'est vrai qu'elles travaillent fort. Depuis le début de la crise, le personnel hospitalier sert de chair à canon nationale.

D'abord obligées de prendre soin des malades sans équipement de protection adéquat, ces personnes sont mortes avec leurs patients. Mais meurent-elles du virus ou des conditions de travail dans lesquelles elles sont forcées d'agir ? Devrait-on parler de sacrifices louables ou encore d'un drame qu'on aurait pu éviter ?

Pendant que Madonna parle du coronavirus comme d'un « grand égalisateur social » en barbotant dans une baignoire qui déborde de pétales de rose, je fais des provisions de conserves et de riz. Je pense aux émeutes. Au rationnement. Tout le monde n'est pas égal devant la maladie. Certains n'ont même pas accès à un lit d'hôpital. Sur Twitter, la popularité du hashtag #guillotine2020 s'accroît [1]. On veut faire tomber les têtes de ceux et celles qui cuisinent des gâteaux au citron, qui nous font croire aux échanges mutuels, sincères et respectueux, qui nous envoient des « I love you all so, so much » sur les plateformes sociales, pour pouvoir ensuite nous vendre le produit de leur amour numérique. Ils et elles nous semblaient si vulnérables et *relatables*, hier. Aujourd'hui, tous·tes ont l'air de robots cassés, de vinyles rayés, de grands panneaux publicitaires. Ces personnes n'ont pas lu le mémo. Elles n'ont pas regardé les mêmes nouvelles que nous. Sur YouTube, la makeup guru Tati Westbrook semble tout simplement avoir oublié la crise. Aux

1. Amanda Hess, « Celebrity Culture is Burning », dans *The New York Times*, en ligne : https://www.nytimes.com/2020/03/30/arts/virus-celebrities.html, publié le 30 mars 2020.

dernières nouvelles, elle dressait le palmarès des meilleurs fonds de teint de 2020, comme si c'était ce que la planète attendait d'elle.

Le sociologue m'écrit. C'est la fin du monde, alors il me demande si je vais bien. Il me dit qu'il a déménagé dans une maison jaune, au sommet d'une montagne, en Californie. Il m'envoie la photo des colibris qui boivent le nectar des abreuvoirs qu'il accroche à ses fenêtres. Il me dit de me laver les mains. Enfin, il m'écrit : « J'aime vraiment ta nouvelle photo de profil. »

Et moi, je n'ai pas de maison. J'ai deux ans de son silence. Je me highlight, je me contours. Et quand la lumière de 14 heures tapantes vient me frapper, je me prends en photo.

Maquillée.

Je ne suis pas un robot. Je ne suis pas *No Strings Attached*, je ne suis pas *No Drama*. Je suis ces organes que je surligne à coups de fards brillants, je suis cette peau que je souligne quand je me prends en selfie, en espérant qu'un jour, quelqu'un me voie et prenne soin de moi.

Ça va aller, mais à cause du réchauffement climatique, les méduses prolifèrent. On appelle ce phénomène la gélification des océans. Je lis sur Wikipédia qu'en 2009, un chalutier japonais a chaviré, déséquilibré par le poids de ses propres filets remplis de méduses géantes. Aujourd'hui, elles s'échouent en masse sur les plages du monde.

Les cadavres de méduses me répugnent, parce que leurs corps empêchent de discerner l'intérieur de l'extérieur… comme si elles n'avaient aucune surface. Simple masse gélatineuse, leur corps dévoile tout : les organes pourpres, les filaments jaunes. Je trouve les méduses presque indécentes dans leur manière d'exposer leur fragilité. Elles s'ouvrent au point de n'être plus que ça : des ouvertures. Je les voudrais habillées d'une robe, d'un slip, ou d'une chemise de nuit. Peu importe, pourvu que le vêtement cache ce qui pourrit en elles. Qu'elles se voilent, qu'elles se couvrent, qu'elles fassent taire leur nature animale ; estomac, muscles et gonades.

Sur la plage, j'aime jouer à les pousser avec une branche. Je voudrais les punir, leur montrer qu'elles risquent trop. Il fallait avoir une peau, les amies, un visage ou un masque. La transparence extrême me met mal à l'aise. Me donne l'envie de vomir. Platon avait peut-être raison, la surface soustrait à la vue une vérité banale : la fragilité de ce qui est vivant. La poète canadienne Lisa Robertson écrit que *l'ornement est la décoration de la mortalité*[1]. Serait-ce cela, la grande illusion, le mensonge honteux que cachent nos surfaces ? À coups de peau, de tissus, de chaussures, d'eye-liner, de cheveux bien peignés et de joues roses, on s'efforcerait de faire oublier notre mort aux autres ?

J'aimerais cesser de me méfier des surfaces, comme si elles étaient destinées à me tromper, à cacher ce qui est vrai. Il faudrait que j'arrête d'y voir les rideaux qui annoncent le spectacle. Loin de faire écran, elles sont bien plus souvent des territoires qui nous permettent d'entrer en contact avec les autres. Elles ne servent ni à cacher ni à bloquer, mais à tâter, à toucher et à se laisser traverser. C'est grâce aux surfaces qu'on caresse. C'est grâce aux membranes semi-perméables de nos cellules que l'oxygène voyage dans notre corps. La surface n'a rien de superficiel : elle nous relie au monde.

---

1. Lisa Robertson, *Occasional Work and Seven Walks from the Office for Soft Architecture*, Toronto, Coach House Books, 2011 [2003], p. 111.
Ma traduction : « Ornaments is the decoration of mortality. »

Depuis les Grecs, on pense les femmes comme des êtres de surface et on réitère la figure de la femme-écran, c'est-à-dire qu'on assigne un genre à ce qui se cache. De nature trompeuse, passée maître dans l'art du subterfuge, infidèle, charmeuse, maquillée, grimée, stupide, la femme fait sa *slut*. Lorsqu'elle brille, c'est du bling, de la poudre aux yeux. Il faudrait s'en méfier.

En 2015, le mème[1] *This is why you take her swimming on the first date* s'est propagé de manière virale. L'énoncé accompagnait un diptyque où le portrait d'une femme démaquillée apparaissait à côté d'une autre photo où elle était maquillée, et vraisemblablement dépourvue des « imperfections », visibles sur la première. Le message était clair : pour accéder à la véritable nature d'une femme, il faut la piéger, l'obliger à se compromettre. Amenez-la à la piscine afin que ruisselle son masque. Vous pourrez enfin l'épingler, voir ses faiblesses et en jouir. Vous outrer de sa laideur, de son acné, de sa couperose. La perfection qu'elle est contrainte à singer est (ô surprise !) indécrochable. Alors, décrochez la pétasse de son piédestal. Il faut la remettre à sa place, tirer le drap, fouiller dans ses organes pourpres et jaunes avec une branche et lui mettre le nez dans sa gelée.

---

1. Un mème internet désigne un élément culturel (image, vidéo, texte, comportement, etc.) qui est repris et réitéré par les internautes, parfois de façon virale.

C'est ce qu'a tenté de faire Cadalso, directeur de la prison de Milan, avec sa discipline et ses différents uniformes. Sa stratégie sournoise visait non seulement à punir les détenues, mais surtout à les humilier. Le terme « humiliation » renferme en son sein l'humus, cette terre noire faite de matière décomposée. Humilier quelqu'un, c'est le rabaisser, le jeter à terre, l'obliger à ramper ou à marcher à quatre pattes, comme un chien. En empêchant les détenues de se faire belles, Cadalso a voulu les priver de dignité.

Il a peut-être aussi souhaité les empêcher d'être des sujets érotiques : désirables et désirantes. Le sac à patates qu'il leur réserve les transforme en masse confuse. Elle nivelle les saillies, bosses et extrémités (bourrelets, coudes, mamelons, hanches). Le costume efface le corps en indifférenciant ses parties. Le regard ne sait plus où s'accrocher, vers quoi tendre, car le corps n'offre plus de prise, même pour celle qui le porte. Il n'est qu'une masse brouillonne qui ne se reconnaît plus elle-même : forme floue, indistincte, forme sans forme, corps sans corps, méduse humaine. Or, pour désirer, espérer, rêver, il faut avoir un corps. Ainsi, le directeur de la prison ne fait pas qu'enlaidir les prisonnières coquettes. Avec son uniforme de torture, il leur dérobe cette capacité.

Le désir est un appétit au sens large, une volonté qui va bien au-delà de la sexualité. Il ne saurait se limiter à l'attirance sexuelle (pour un genre en particulier, ou pour tous les genres particuliers). Même s'il loge dans le corps, il n'est pas nécessairement tourné vers un autre corps. De nombreux désirs n'ont rien à voir avec le sexe. Contrairement à ce que le credo de la société de consommation voudrait nous faire croire, le désir n'est pas non plus strictement lié au plaisir. Intimement lié à la souffrance, il mêle douceur et amertume, il est bitter-sweet, comme l'énonce la poète Anne Carson. Dans son essai *Eros the Bittersweet*, Carson compare le désir au cueilleur qui tente d'atteindre le fruit sur la plus haute des branches : son geste s'étire dans le temps, ne connaît jamais de résolution. *La portée du désir est définie dans l'action*[1], écrit-elle, c'est un mouvement infini, et non son résultat. Si Jacques Brel pouvait encore parler, peut-être ajouterait-il que le désir n'est pas l'inaccessible étoile qu'on rêve, mais sa quête perpétuelle. Celui ou celle qui désire sait son entreprise vaine, mais continue de rêver son impossible rêve.

Dans une entrevue pour le magazine *RE/Search*, la féministe noire américaine bell hooks s'enthousiasme de la proposition de l'historienne américaine Eunice Lipton, qui suggère d'écrire des biographies, non pas du point de vue des réussites d'une personne, mais du point de vue de ce qu'elle rêvait d'atteindre. Cette façon d'envisager la vie (et sa valeur) met l'accent sur la vérité intérieure d'une personne, ses convictions. Elle souligne la quête

1. Anne Carson, *Eros the Bittersweet*, Londres, Dalkey Archive Press, 1998, p. 29.
Ma traduction : « The reach of desire is defined in action. »

impossible qu'elle a jugée assez importante pour lui consacrer sa vie. Elle ne nivelle plus les individus en fonction de critères financiers, sociaux, en termes de succès ou de fortune. Elle les appréhende à partir de leurs rêves. Hooks remarque: « Encore une fois, cela s'éloigne du modèle impérialiste où on pense la vie selon "les choses ou les êtres qu'on a conquis" et s'approche de: "qu'est-ce qu'on a actualisé en soi-même?" [1] » Quelles sont ces quêtes dont la valeur nous a tenu·es en vie et qui, tout à la fois, ont précipité notre mort [2] ?

Le désir représente une soif de vivre. Je me souviens d'un soir où, pour me punir, ma mère a saisi une paire de ciseaux de cuisine et a coupé une énorme bande asymétrique dans mes cheveux d'enfant, dans le but explicite de m'humilier en me rendant indésirable. Je me souviens aussi de moi et de ma sœur jumelle, devant le miroir de la salle de bains, qui tentions de remédier au massacre avec des pinces à cheveux. On pleurait en s'enlaçant. Il n'y avait pas de coup assez bas pour nous abattre. Rien ne pouvait faire taire notre désir d'exister, de survivre à ce qui voulait nous écraser.

---

1. bell hooks, « Angry Women », *Re/Search*, n° 13, San Francisco, Re/Search Publications, 1991, p. 83.

Ma traduction: « Again, this goes away from the imperialist model where you're thinking of life in terms of "who or what you have conquered" toward: "what you have actualized within yourself?" »

2. Tiré de mon texte sur le désir: Daphné B., « Inflation sexuelle », dans *Liberté*, n° 324, été 2019, p. 24-29.

La coquetterie résiste à la dégradation voulue par autrui. Elle empêche un autre de faire de vous une bête. Elle refuse l'humiliation, comme elle refuse d'être humble (il faut entendre ici : être modeste, sans éclat). Au contraire, le maquillage est là pour souligner l'éclat, il brille et célèbre la personne qui le porte. Il l'élève, la magnifie. Il tape avec son pied contre le fond bleu des profondeurs, il tape pour permettre à celui ou celle qui se maquille de revenir à la surface et de respirer.

Bien sûr, les prisonnières sont des délinquantes ; elles ont contrevenu à la loi, c'est pour ça qu'elles purgent une peine. Mais les empêcher d'être coquettes revient à criminaliser leur survie [1]. Et c'est bel et bien de survie dont il est question, quand on sait que la plupart des femmes incarcérées sont aussi les survivantes de violences physiques ou sexuelles. Souvent, elles sont les rescapées d'abus répétés, superposés et complexes qui les ont fragilisées, ont exacerbé leur situation de vulnérabilité. Près de 86 % des détenues américaines auraient subi des violences sexuelles [2], et presque la moitié d'entre elles présentent des symptômes de stress

1. Cette idée est avancée ici : Marlen Komar, « Why Makeup Matters to Women in Prison », *Racked*, en ligne : https://www.racked.com/2018/1/3/16797784/makeup-prison, 3 janvier 2018.

2. Elizabeth Swavola, Kristi Riley et Ram Subramanian, *Overlooked : Women and Jails in an Era of Reform*, New York, Vera Institute of Justice, en ligne : https://www.vera.org/publications/overlooked-women-and-jails-report, août 2016.

post-traumatique[1]. Au Québec, une femme incarcérée sur deux aurait déjà été victime d'abus sexuels, alors que presque sept détenues sur dix ont subi des violences conjugales[2]. Au Canada, les femmes autochtones, un groupe particulièrement vulnérable de la population, représentent le quart des contrevenantes incarcérées[3]. Si les détenues ont, en grande majorité, un passé violent, elles sont aussi nombreuses à souffrir de troubles psychiatriques, des problèmes de santé qui ne peuvent que s'aggraver dans l'univers carcéral à la fois stressant et aliénant. Ces battantes ont traversé ce qu'il y a de plus toxique dans notre société (la pauvreté, le patriarcat, le racisme, la maladie, etc.) et se retrouvent enfermées dans un univers où on continue à les abuser, à ronger chaque particule de dignité qui subsiste en elles, chaque micron de fierté.

Je pense aux détenues de la prison de Milan, à ces badass qui grattaient les murs de leur cellule pour pouvoir se farder avec la craie blanche de leur captivité, il y a de ça plus de cent ans. Se maquiller était un geste dont la portée transcendait l'amour qu'elles pouvaient se porter, c'était un acte de résistance. Selon l'activiste Monica Cosby, une ancienne détenue qui a passé une vingtaine d'années derrière les barreaux, c'était aussi une façon

1. Lise Giroux et Sylvie Frigon, *Profil correctionnel 2007-2008 : Les femmes confiées aux Services correctionnels*, Québec, Services correctionnels, ministère de la Sécurité publique, 2011, p. 22.

2. *Ibid.*

3. *Ibid.*, p. 21.

d'affirmer leur autonomie et leur pouvoir d'autodétermination. Se maquiller en prison revient à faire un choix concernant son corps et cette décision est une façon d'en reprendre possession. *Quand quelqu'un [...] décide si oui ou non vous pouvez porter du maquillage, c'est une dynamique de pouvoir qui vous ôte la possibilité de faire un choix et ça, c'est de la violence*[1].

Le système carcéral domine le corps, il l'humilie et le soumet, il le contrôle, le met en laisse, jusqu'à ce que celui-ci se réduise comme peau de chagrin. Un jour, il n'en restera plus qu'un morceau, comme le cuir nécessaire à la fabrication d'un tambour ou d'une paire de souliers. Il n'en restera plus qu'une carcasse docile.

Cosby parle de la rage intense qui l'animait parfois, durant les fouilles à nu, les « shakedowns ». Lors de ces opérations, on entasse 40 à 60 femmes dans une même pièce où elles doivent se déshabiller, soulever leurs chairs, se pencher, écarter leurs fesses et tousser pour laisser les gardiens voir à l'intérieur d'elles. Il faut prouver qu'on ne cache rien dans ses orifices. La rage montait dans le corps de Cosby quand elle devait attester que sa surface ne faisait pas écran, à mesure qu'elle revivait l'abus qu'elle avait vécu toute sa vie. En entrevue

1. Marlen Komar, *op. cit.*
Ma traduction : « Having someone have that degree of control over you — deciding whether or not you can wear makeup — is a power dynamic of taking choice away, and it's abuse. »

pour le *Chigaco Tribune*[1], elle parle de ses girls restées en prison, des sanglots dans la voix. Elle veut désormais se battre pour elles, lutter pour leur redonner une voix, dénoncer les injustices dont elles ont été les victimes. Pour invoquer un futur plus lumineux, l'activiste cite l'écoféministe Starhawk, l'une de ses autrices préférées: « Quelque part, un cercle de mains s'ouvrira pour nous recevoir, des yeux s'allumeront quand nous entrerons, des voix célébreront avec nous notre entrée dans notre propre pouvoir[2]. »

J'aimerais moi aussi rentrer dans mon propre pouvoir. Je veux, quelque part, un cercle de mains pour m'accueillir, un moment à l'arraché. Dans les toilettes des filles d'un bar, en dessous d'une citation de Josée, je veux croiser mon reflet dans le miroir et m'aimer.

Partout sur le web, je croise la couleur schmoney, ce vert-de-gris qui inonde le maquillage. Je n'ai pas fini de plonger mon nez dans son vert putride de marécage, si facilement détestable. Et si les billets de banque américains ont le dos vert depuis leur création, c'est que cette couleur stagnante véhicule un sentiment de stabilité,

---

1. Annie Sweeney, « Monica Cosby: 'When all of your choices are bad, then you really don't have any. … Freedom is having good choices.' », *Chigaco Tribune*, en ligne: https://www.chicagotribune.com/news/breaking/ct-met-women-prison-population-monica-cosby-20180717-story.html, publié le 18 juillet 2018.

2. Starhawk, *op. cit.*, p. 153.

de pérennité [1]. On accorde notre confiance à ce qui, en apparence, ne change pas, à ce qui se dit incorruptible. *In green we trust*, car l'argent n'a de valeur que si on y croit collectivement. Ainsi, les billets de banque US affichent une couleur intemporelle et un graphisme désuet. C'est la représentation d'une écologie immuable, un éternel marécage, aussi inflexible que la mort. Quand je vais faire mes courses ou quand je navigue sur Sephora, le cash est ma religion par défaut, la seule constante de ma jeune vie. J'ai toujours peur d'en manquer. Et son abondance, peu importe *pourquoi* et *comment* elle survient, est d'une violence inouïe. Plus la richesse s'entasse chez l'un, et plus elle engendre de la pauvreté chez l'autre.

La misère grandissante qui découle de l'accumulation de richesse d'un petit nombre semble parfois faire partie de « l'ordre des choses ». Comme une serviette dans un Club Med, elle a l'air bien pliée, en forme d'oiseau. Le système qui permet de telles inégalités les articule avec grâce, si bien qu'elles paraissent inévitables, naturelles. Mais il y a toujours deux camps opposés : ces gens qui doivent plier des serviettes en forme d'oiseau et ces autres, qui s'essuient avec.

Le fossé des inégalités, qui se creuse sans cesse, itératif, presque rythmique, a une valeur esthétique. Comme un

1. 99 % Invisible, *The Color of money*, épisode 54, balado en ligne : https://99percentinvisible.org/episode/episode-54-the-colour-of-money/, publié le 12 mai 2016.

motif, le refrain d'une chanson ou le ressac des vagues. Il revient. Il me fait penser au sol en damier noir et blanc dans le hall d'entrée du manoir de mon grand-oncle, un nouveau riche. Petite, je le foulais chaque année, au Jour de l'An. Je m'imaginais y jouer aux échecs et déplacer des pions géants. Moi aussi, un jour, je voulais faire partie de l'équipe des blancs et manger vos heures, vos reines, vos enfants.

La famille de mon grand-oncle a fait fortune dans le plastique. Il y a plusieurs années, face à la concurrence chinoise, son activité a été réorientée. La société fabrique à présent, entre autres, des contenants individuels de yogourt.

D'aussi loin que je me souvienne, je voulais moi aussi accéder à tout ce faste, mais sans tremper dans sa violence. Je voulais « juste du doux », comme on écrit parfois sur Instagram ou sur les tasses à café. Juste du doux ! Quelque chose comme juste du doux, oui. Je voulais leur amour et pour ça, je m'imaginais qu'il fallait que je réussisse de cette réussite en damier noir et blanc. Pourtant, je n'avais pas la grâce de mes cousines ballerines, je n'avais pas leur rire cristallin et leur piano. Je sentais les vieilles clopes que mon père fumait à la chaîne. J'avais le chic du matelas gonflable sur lequel je dormais. J'avais des collants troués et des robes moches. J'avais une grand-tante qui voulait toujours savoir si mes amoureux avaient de belles dents, parce que la dentition, marqueur socio-économique, permet de lire dans l'avenir. Non, Will est un vendeur de caméras. Bryan est un serveur avec des dettes, Noah conduit un chariot élévateur.

Petite, je ne pensais pas aux coraux que j'allais transformer en ossements si j'accédais à la réussite que ma famille me faisait miroiter. Je ne faisais pas le lien entre mon grand-oncle et la disparition des récifs, ces merveilles qui abritent les paysages et créatures qui donnent à la vie le goût d'exister. Je connaissais la richesse, mais surtout son visage aimable et humain. Elle m'offrait des cocktails, des cadeaux, un petit bec sur la joue. Sa violence était infusée de douceur et de bonnes intentions.

Plus d'une fois, j'ai songé à tout ce plastique avec fierté, en me disant qu'il y avait un peu de moi au sein de chaque récipient que l'entreprise de mon grand-oncle fabriquait. Quand j'y repense, j'étais plus vaste que je ne le croyais, car ma famille a contribué à façonner une île d'ordures située au beau milieu du Pacifique, qu'on appelle le continent de plastique. Avec les années, les courants marins ont fait confluer des tonnes de déchets flottants, qui forment maintenant une étendue de 1,6 million de kilomètres carrés. Dans ma famille maternelle, on ne fait pas que s'arroger des territoires, on en crée.

Le maquillage aussi crée de grands continents de plastique. La force d'attraction des cosmétiques réside en partie dans leurs flacons élaborés, leurs contenants ouvragés, leurs emballages excessifs. Glissière, miroir, ruban, gravures, fermeture magnétique. Clic. Les petits cercueils de luxe dans lesquels reposent mes potions sont des objets complexes, souvent composés d'une variété de matériaux, ce qui rend leur recyclage difficile, bien souvent impossible. Ils iront rejoindre les ordures qui jonchent déjà notre planète et les 120 milliards d'unités d'emballage produits chaque année par l'industrie cosmétique[1]. D'ailleurs, dans mes armoires, je n'ai que ça : du plastique. Ça se bouscule en bouteilles, en bonnet de douche et en éponge, en brosse à dents. Économique, léger et malléable… on croirait être en présence d'une matière idéale. *Plus qu'une substance, le plastique est l'idée même de sa transformation infinie […] il est moins objet que trace d'un mouvement*[2], écrivait Roland Barthes dans son célèbre essai, *Mythologies*. Sa mobilité incarne à elle seule l'essence de la mondialisation : la libre circulation des marchandises. Mais le mouvement du plastique est morbide et ne génère jamais de vie. Matière inerte, stérile, ce sont les autres qui le transportent, qui le charrient. Il choit ou se laisse choir, là où on le jette : dans les dépotoirs, les océans, les cimetières de ce qui ne meurt jamais vraiment. Si le médium est le message, alors le plastique nous chuchote peut-être l'issue de la modernité : une apocalypse qui ne féconde rien.

Chaque fois que j'entre dans ma salle de bains, je suis hantée par une photo que j'ai vue sur Internet : un

1. Selon une statistique rapportée par la Zero Waste Week en 2018.
2. Roland Barthes, « Le plastique », dans *Mythologies*, Paris, Seuil, 1957, p. 171-173.

bébé hippocampe qui enlace un coton-tige. Mais il n'y a pas que les cotons-tiges qui dansent avec les poissons. L'océan est rempli de microplastiques, ces particules qu'on appelle aussi des « larmes de sirène ». Je n'ai pas de mal à m'imaginer l'océan pleurer, pleurer comme une fille, le maquillage tout fucké. L'océan s'endort le visage barbouillé, avec des yeux de raton, comme s'il voulait tacher son oreiller exprès, pour laisser quelque part la trace de son chagrin. Et ça fonctionne, son makeup bave, coule, va s'incruster sur les rochers des rivages du monde. Comme les rochers d'une plage de Madère, au Portugal, aujourd'hui recouverts d'un drôle de vernis bleu. Un jour, des scientifiques ont donné un nom à la pellicule de tristesse : plasticroûte. C'est un nom vulgaire, presque drôle, qui me rappelle celui d'un groupe de musique punk, les Vaginal Croutons. À l'époque de leur existence, c'était encore branché pour un boy's band de s'approprier la haine que l'on voue au corps des femmes. Nouvelle strate de matière, la plasticroûte servira peut-être de marqueur afin d'identifier l'anthropocène, l'époque géologique durant laquelle l'empreinte de l'activité humaine sur la Terre s'est drastiquement exacerbée. D'ailleurs, l'Anthropocène, c'est aussi le titre du nouvel album de Grimes, la pop star anti-impérialiste qui a eu un bébé avec le milliardaire. Vestige de tous les petits pots que j'achète pour me sentir belle, la plasticroûte est majoritairement composée de polyéthylène, un polymère qui se retrouve dans la plupart des emballages de plastique. Ainsi, chaque fois que je me maquille, je ne fais pas qu'écrire à la surface de mon visage, j'écris aussi l'histoire des êtres humains à la surface de la Terre. J'écris le même roman punk que tout le monde, son titre est plasticroûte. Et il commence comme un poème qui dit bienvenue. Bienvenue dans l'Anthropocène, là où les hippocampes dansent avec les cotons-tiges.

Au revoir
Bienvenue[1]

1. Geneviève Desrosiers, extrait de « Bienvenue », dans *Nombreux seront nos ennemis*, Montréal, L'Oie de Cravan, 2011, p. 12.

Le capital récupère tout. *Il n'y a pas d'autre monde que le monde*, c'est le titre du poème d'Anne Boyer dans lequel elle parle du bébé qu'ont eu la pop star et le fils du milliardaire, ce tas gris-vert de cash et de guns. J'ai appris la grossesse de Grimes dans un tutoriel maquillage diffusé sur la chaîne YouTube de *Vogue*. J'ai regardé la vidéo avec la même fascination que tous les autres tutoriels dont j'enchaîne le visionnage la nuit, comme si je descendais des shoots d'alcool rose. Sauf que celui de Grimes baignait dans une inquiétante étrangeté. La musicienne décrivait sa routine beauté de femme enceinte et finissait par se crayonner des volutes noires et rouges sur le front en disant aspirer à un look *pretty but ravaged by war*[1]. Elle avait un air poreux. Peut-être pas ravagé par la guerre, mais certainement imparfait. Quand elle s'est mise à parler de ses cheveux abîmés par ses décolorations successives

1. « Grimes Pregnancy Skincare & Psychedelic Makeup Routine », *Vogue*, en ligne : https://www.youtube.com/watch?v=AwFl7J4LPdQ, publié le 4 février 2020.

et artisanales, ça m'a consolée des dégâts de mes propres cheveux, jaunis et asséchés parce que j'ai encore eu la mauvaise idée de me les décolorer moi-même.

Les dieux de la décoloration sont intransigeants. Avec eux, ça finit souvent mal. D'ailleurs, j'avoue que j'éprouve un certain plaisir à regarder des vidéos de filles qui perdent leurs cheveux par poignées sur YouTube, ces BLEACH GONE WRONG [1] et autres catastrophes capillaires. Il y a toujours ce temps de pause un peu trop long, ce point de bascule où la fille patiente plus qu'il ne le faut avec son bonnet de plastique sur la tête. Il y a toujours cette troisième décoloration qui ne passe pas, la limite franchie, ce moment où la fille réalise qu'elle a volé trop près du soleil, que c'en est fait de ses cheveux. Je n'ai pas envie de rire de cette fille-là, je voudrais simplement l'accompagner dans sa détresse, parce que j'y reconnais la mienne. Je vis ma propre angoisse à travers la sienne. J'aimerais lui dire que moi aussi, j'ai la peur au ventre chaque fois que je mélange la poudre bleue au peroxyde.

J'ai l'impression de voir Icare chuter, grisé par la puissance de ses ailes de cire. Ce héros funeste n'est peut-être pas né avec la capacité de voler, mais il a pris son sort en main et, moyennant une technologie rudimentaire, s'est offert un baptême de l'air. Il me fait penser à ces femmes qui ne sont pas nées blondes, mais qui, à force de peroxyde, se rapprochent de l'idéal sexuel féminin

1. DÉCOLORATION CATASTROPHIQUE.

que représentent les blondes, quitte à sombrer. On dirait qu'elles aussi sont les héroïnes d'une tragédie.

On aime rire d'elles, parce qu'elles ont voulu transcender leur condition, devenir autres. Comme le maquillage, la décoloration est un artifice qui donne le pouvoir de se transformer, d'altérer son identité. Mais vouloir user de ce pouvoir n'est pas sans risque. Toute torsion identitaire gêne l'ordre établi, parce que la construction du lien social dépend de la stabilité de certaines figures. En les bouleversant, la décoloration les subvertit. Les blagues de blondes, ou toutes autres formes d'humiliation que les femmes peroxydées subissent, découlent en partie d'une tentative de rétablir l'ordre social. On les punit pour la liberté qu'elles se sont octroyée en ayant l'audace de modifier et de sexualiser leur apparence. Tant pis si on les dit sans cœur ni raison, si on les traite de cruches ou si leur crinière brûle. Elles ont joué avec le feu. Quand on joue à la poupée, il ne faut pas avoir peur du ridicule.

Ces femmes-là, on dirait presque qu'elles pourraient se transformer à tout moment, fondre sous nos doigts, comme de la neige. Elles font peur parce qu'on ne sait plus de quelle matière elles sont faites. D'ailleurs, selon Mary Ann Doane, théoricienne des médias américaine, le propre des femmes fatales serait de ne jamais vraiment être celles qu'elles donnent à voir [1]. Ce sont des monstres polymorphes qui résistent au langage. On ne

1. Mary Ann Doane, *op. cit.*, p. 1.

retient d'elles aucune définition claire. Derrida l'a dit, *on ne peut pas annoncer les monstres, on ne peut pas dire : « Voici nos monstres » sans immédiatement transformer les monstres en animaux de compagnie*[1]. Ainsi sont les femmes fardées – des monstres maquillés, tatoués ou décolorés. Impossible de les épingler comme des insectes, de les intégrer à notre collection de papillons morts. Fluides, leurs identités résistent à la classification. Elles ont compris qu'au fond, on ne cesse jamais de se trouver et de se perdre.

J'ai un vieux magazine féministe des années 90 dans mes affaires, un recueil d'entrevues avec des artistes femmes en colère, des *Angry Women*. À l'intérieur, l'autrice punk Kathy Acker livre une interview où elle distingue les personnes qui, en altérant leur corps, se soumettent aux images, y voyant un idéal qu'elles *doivent* atteindre. Et celles qui, au contraire, *cherchent* activement quelle personne devenir, une quête identitaire qu'elles font pour elles-mêmes. Celles-là, dit Acker, *they're looking*, elles cherchent. *Cherchent* quoi ? Je ne suis pas sûre. Dans mon livre, Acker ne termine jamais ses phrases. Mais quand on *look*, qu'on cherche, il nous manque toujours

---

1. Jacques Derrida, « Some Statements and Truisms About Neologisms, Newisms, Postisms, Parasitisms, and Others Small Seisms », dans *The States of Theory* (dirigé par David Carroll), New York, Columbia University Press, 1990, p. 80.

Ma traduction : « Monsters cannot be announced. One cannot say: 'Here are our monsters,' without immediately turning the monsters into pets. »

quelque chose, dit-elle. *When you look, you know you're «failing», you know you're inferior. You're inferior because you're looking*[1]. Acker parle-t-elle de celles qui ressemblent à quelque chose, sans jamais vraiment réussir à l'incarner, comme dans la phrase « *to look like something* » ? On sait qu'on ne peut pas correspondre parfaitement aux images, qu'on ne peut qu'y ressembler. Alors, notre quête débute par la reconnaissance de notre échec.

Une page plus loin, Acker parle à nouveau de *looking*. Cette fois, l'intervieweuse insiste, demande des explications : *looking for what ?* Alors, Acker répond : « *Well, we're looking for a society that allows us the fullness of what it is to be a human*[2]*[.]* » En modifiant nos corps, en nous maquillant, en nous tatouant, en nous décolorant, c'est peut-être la possibilité d'un monde plus vaste que nous traquons.

---

1. Quand tu cherches, tu sais qu'il te manque quelque chose, que t'es inférieure. T'es inférieure, parce que tu cherches.

2. Kathy Acker, *Re/Search*, nº 13, « Angry Women », San Francisco, Re/Search Publications, 1991, p. 183-184.

"On cherche une société qui nous permettrait d'être pleinement humain."

La semaine passée, en plein blitz YouTube de décolorations ratées, j'ai vu une fille vivre une véritable remise en question identitaire. Sa chevelure fondait sous ses doigts et elle criait qu'elle allait mourir et qu'elle ne comprenait plus sa vie. Même si cela peut sembler ridicule de s'en faire à ce point pour des cheveux, je la comprenais. La construction de la féminité est intimement liée à la chevelure. D'ailleurs, au Moyen Âge, on punissait publiquement les délinquantes sexuelles en les rasant [1]. On voulait peut-être leur montrer qu'elles n'étaient rien sans leurs cheveux, que leur pouvoir de séduction et leur statut de femme ne tenaient qu'à eux : quelques poils. Et c'est peut-être vrai, la culture réduit bien la femme à son corps. Sans leur toison, les femmes n'auraient plus de genre, plus de sexe, plus d'identité. À l'époque des tontes publiques, on condamnait ainsi leur sexualité en la révoquant. Pour leur faire perdre la face, on leur faisait perdre une partie

1. Roberta Milliken, *Ambiguous Locks*, Jefferson, McFarland & Company, 2012, p. 46.

d'elles-mêmes. Même moi, chaque fois que je change de couleur de cheveux, ou que je me les coupe très courts, il me faut plusieurs jours avant de me retrouver.

Le youtubeur et coiffeur Brad Mondo a fait du commentaire de vidéos de ces catastrophes capillaires sa marque de fabrique. En qualité d'expert, il regarde ces Icare du cheveu piquer une fouille en s'essayant à la décoloration artisanale, passe des petits commentaires acides quand il les voit trop confiants, s'exaspère ou congratule ceux et celles qui s'en sortent.

Hairdresser Reacts to People Bleaching Their Hair and Not Following Directions
Hairdresser Reacts to Worst Bleach Fail Ever
Hairdresser Reacts to Girls Trying to Balayage Their Own Hair
Hairdresser Reacts to Tiktok Bleach Disasters [1]

Dans sa bouche, se décolorer soi-même est une faute évidente, comme rappeler son ex. On sait comment ça va finir et tout le monde devine qu'il ne faut pas le faire. Son discours culpabilisateur a néanmoins un sous-texte supplémentaire : prendre soin de ses cheveux requiert une

1. Réactions d'un coiffeur : elle se décolore sans suivre le mode d'emploi
Réactions d'un coiffeur : la décoloration la plus catastrophique jamais vue
Réactions d'un coiffeur : quand des filles tentent le balayage artisanal
Réactions d'un coiffeur : décolorations désastreuses sur TikTok

expertise, une responsabilité qui se paie en visites chez le coiffeur, en crèmes et en pommades, en traitements et en huiles. Elle coûte cher. La vision de Brad a l'avantage de transformer la beauté physique en commodité. Accessible, elle se « prend en main » et s'acquiert, se monnaie. Parallèlement à cette rhétorique pratique se déploie aussi un véritable slut shaming[1] cosmétique qui culpabilise la laideur. La décoloration ratée est une faute, parce qu'elle est le signe d'une négligence ou d'une ubris démesurée. J'entends presque Brad dire : « Mais à quoi tu t'attendais, en voulant te décolorer toi-même ? » Si la beauté est un devoir, seul·es les plus privilégié·es peuvent s'en acquitter. Quand je me suis fait décolorer les cheveux professionnellement, cela m'a coûté 800 dollars. C'est à ce moment-là que j'ai décidé de m'inscrire sur le site SeekingArrangement. J'avais l'impression de devoir rembourser la sexualité que je venais de m'acheter, comme si je devais faire fructifier l'investissement que je venais de faire, en me payant cette nouvelle couleur. Alors que j'essayais de comprendre comment les clientes pouvaient se permettre de telles décolorations, j'ai appris de ma coiffeuse que beaucoup d'entre elles étaient des sugar babes, des filles entretenues par des hommes plus âgés qu'elles. Ce que je sais depuis, c'est que bien plus qu'une responsabilité, la beauté ainsi normée est un marqueur socio-économique.

1. Tactique d'intimidation envers les femmes dont la sexualité est pointée du doigt.

Mais si la chanteuse Grimes sort avec un des hommes les plus riches sur Terre, alors pourquoi s'entête-t-elle à se décolorer les cheveux elle-même ? Est-ce parce que ça lui donne l'air humble, presque normale ? Je repense à son tutoriel et je la revois se dessiner des volutes sur le front, déjouant les codes de tous les tutoriels beauté que j'ai regardés dans ma vie. Cette badass, je l'aime et je la déteste. Et si ses cheveux peroxydés et secs l'abaissent jusqu'à moi, je sais qu'il faut être privilégiée pour dire : « Je veux avoir l'air *pretty but ravaged by war.* » Glamoriser les ravages de la guerre n'est pas donné à toutes.

Hier, les tabloïds annonçaient la naissance de X Æ A-12, le bébé qu'elle a eu avec Elon Musk. Ce qui n'était qu'une métaphore imaginée par la poète Anne Boyer, alors même que Grimes et Musk n'avaient pas encore fait connaissance, est devenue réalité. Le tas de cash et de guns est à présent un être de chair et d'os. Sur Internet, on plaisante sur le prénom imprononçable du nouveau-né. Étrange combinaison de chiffres et de lettres, X Æ A-12 est aussi impénétrable qu'un mot de passe vraiment sécuritaire. Je pense à Grimes, nouvellement mère, me demande si moi aussi, j'aurai un enfant, si je lui donnerai pour nom un numéro de série, si je serai un jour *pretty but ravaged by war.*

J'ai eu 30 ans il y a peu. C'est à cet âge-là que Grimes dit avoir commencé à prendre soin de son visage, à utiliser des sérums, de la crème solaire, un rouleau de jade. *It's showbiz,* dit-elle dans son tutoriel beauté pour *Vogue.*

Et si les stars n'ont pas le droit de vieillir, je me demande si on ne devrait pas remplacer « war » par « le temps ». Est-ce qu'on ne pourrait pas dire que vieillir dans un corps de femme, c'est être ravagée de toute façon ? *Pretty but ravaged by les années. Pretty but ravaged by le capitalisme. Pretty but ravaged by les oppressions systémiques. Pretty but ravaged by les inégalités de revenus.*

Peut-on espérer avancer dans la vie, *pretty and pas ravagée du tout* ? Intacte, intouchée ? Et si les ravages sont inévitables, tout comme la souffrance et la mort, j'aimerais être ravagée, non pas par une violence imposée, mais d'un ravage que j'aurais choisi, comme les ravages des animaux sauvages au Québec, ces territoires où les cerfs se réfugient durant l'hiver, pour se protéger. Je voudrais un ravage humain, un endroit qui accueille le froid et le vent, mais aussi la vie. Je voudrais une cicatrice pour tout ce qui m'a donné le sentiment d'exister, tous les hivers que j'ai traversés.

En entrevue pour son livre *Stages*, l'autrice américaine Rachel Kauder Nalebuff imagine un futur où nous aurions tous et toutes à cœur l'écologie, lutterions contre le réchauffement climatique et les disparités économiques. Dans ce monde rêvé, elle présume que notre chagrin sera encore plus profond, plus intense. Les ravages demeurent. Seules leur texture et leur amplitude changent.

Je pense que notre tristesse sera encore plus grande, ou du moins, plus profonde. Simplement, elle ne sera pas causée par l'oppression structurelle ou la précarité financière ou bien le traumatisme dans lequel nous plonge la crise climatique. Mais on sera tristes et déçu·es […] parce que la tristesse est un des visages de l'amour. […] Et plus on sera libéré·es, plus on aura de temps et de soutien émotionnel, plus on pourra réellement ressentir toute la tristesse que l'on porte[1].

Peut-être que c'est ça, le look que je vise : *pretty but ravaged parce que j'ai aimé.*

J'ai pleuré, tantôt. Je ne sais pas si ce sont mes 30 ans, le silence dans mon appartement ou la musique de Grimes, qui me ramène dix ans en arrière. Peut-être que c'est le sociologue, à l'autre bout du monde, qui m'écrit de sa maison jaune, qui me dit que si je reviens lui rendre visite un jour, il m'aidera à me teindre les cheveux en blond. Après la décoloration, dit-il, on pourra aller marcher dans la montagne et regarder ensemble le soleil se coucher.

---

1. Rachel Kauder Nalebuff, *What does a project about death, care work, and feelings have to do with the Green New Deal?*, Washington DC, Thick Press, 2020, p. 5.

Ma traduction : « I think we might even feel more sorrow, or at least feel it more deeply. It just won't be from structural oppression or financial precarity or climate crisis induced trauma. But we'll feel heartbreak and disappointment, because […] heartbreak is the other side of holding something dear. […] And the more liberated we are and the more time and emotional support we have, the more we'll actually be able to feel the sorrow we carry. »

La couleur claque comme un drapeau au vent, elle dégoutte, elle détrempe, elle tache. Aucun objet, aucun être ne lui échappe. *Il n'y a pas d'autre monde que le monde*, écrit Anne Boyer, et celui dans lequel on vit est un système à la logique cannibale. Sur le haut d'une montagne ou dans les entrailles d'une mine de mica, il s'autodétruit et jouit de sa propre destruction.

Comme les couleurs du monde, la teinte vert-de-gris du fard schmoney n'est ni bien ni mal. C'est en vertu de son contexte que l'objet trouve un sens, une portée politique. Mais son message n'est jamais le même. Il change et se contredit, selon la situation. C'est le cas des fards, mais c'est aussi le cas des jupes et des fleurs,

des fleurs

des fleurs qui pourraient être des œillets d'Inde ou des pétunias,

du parfum qui sent les filles sur le party
du parfum qui sent la vieille veuve aristocrate
du parfum qui ne sent pas les fleurs
ou plutôt
qui sent comme des fleurs mélangées à de l'urine d'animaux de la jungle
et à de la fumée de tabac
du parfum qui ne sent pas l'homme,

[…]

des piscines craquées et sales de HLM, des garçons bleachés qui fument de la dope contre le grillage des clôtures,

des employés qui se rendent à leur boulot dans des centres commerciaux,
des centres commerciaux
des poubelles derrière les centres commerciaux
des soirées karaoké dans les bars des centres commerciaux

[…]

toute est dans toute,
genre
« Il n'y a pas d'autre monde que le monde[1] *»,*

---

1. Anne Boyer, *op. cit.*, p. 20.
Ma traduction : « […] flowers, flowers that might even be marigolds and petunias, perfume that smells like party girls, perfume that smells like dowagers, perfume that does not smell like flowers or more like flowers mixed with the urine of jungle animals and some tobacco

poursuit Anne Boyer dans son poème.

Mes faits et gestes aussi ont une couleur, une portée politique. Je ne peux pas m'en défaire, mais au lieu d'interroger l'arc-en-ciel en taches d'huile que le schmoney dessine sur mon asphalte, je préfère dénoncer la couleur chez les autres. Pointer du doigt des êtres comme Grimes, le sociologue ou les institutions qui affichent d'emblée leurs couleurs : McDonald's, l'administration Trump, Monsanto... La violence semble plus facile à décrier quand elle est extérieure, facile à voir, et qu'elle s'accroche aux symboles.

La violence a pourtant la consistance de ce qui ne s'attrape pas et l'omniprésence de l'air. On la respire. On persiste : la violence, c'est l'autre. Ce sont ces *basic bitches*[1] qui sirotent leur latté à la citrouille épicée une fois l'automne arrivé, comme si elles n'avaient pas compris qu'à l'heure de la mondialisation, la saison des citrouilles est un leurre, car l'agriculture industrielle a effacé le principe même des récoltes saisonnières. Aujourd'hui, on peut acheter de la chair de citrouille à longueur d'année. Qu'elles se réveillent ! Qu'elles se caféinent donc pour la peine !

---

smoke, perfume that does not smell like men [...] the cracked dirty swimming pools of low-rent apartment complexes, bleach-haired boys smoking dope against the chain-link fence, the workers walking to their strip mall jobs, the strip malls, the dumpsters behind the strip malls, the karaoke nights in the bars in the strip malls [...] everything in the everything like "there is no world but the world!" »

1. Pétasses de base.

Fuck le capitalisme et par la bande, fuck la *basic bitch*. Fuck celles qui se maquillent et qui se pomponnent avec des fards dont l'opalescence n'est extraite qu'au prix de l'exploitation de milliers d'enfants. Crachons sur elles, sur leurs leggings Lululemon, leur tapis de yoga et leurs chouchous en satin. Exorcisons notre angoisse en accablant les autres, tirons sur les femmes, enfermons-les dans des stéréotypes genrés, pourvu que leurs habitudes de consommation soient féminisées (entendre : considérées comme prévisibles, plébéiennes et insipides)[1]. Rions de les voir ingérer le nectar sucré d'un latté à la citrouille épicée, ce simulacre Starbucks qui crie « citrouille ! », quand il ne contient pas une once de courge, nie le réel à coups de cannelle, de muscade et de girofle[2]. Faisons comme mon sociologue, cet homme qui se révoltait de voir Grimes s'amouracher d'un milliardaire. Oublions pendant un instant que personne n'échappe au monde dans lequel il vit et que ce monde constitue, comme le rappelle Anne Boyer, notre seule réalité. S'il n'y a pas d'autre monde que le monde, c'est ce monde-là que je veux rêver.

---

1. Anne Helen Petersen, « What We're Really Afraid Of When We Call Someone "Basic" », *BuzzFeed News*, en ligne : https://www.buzzfeednews.com/article/annehelenpetersen/basic-class-anxiety, publié le 20 octobre 2014.

2. Eugene Wolters, « Understanding Jean Baudrillard With Pumpkin Spice Lattes », *Critical Theory*, en ligne : http://www.critical-theory.com/understanding-jean-baudrillard-with-pumpkin-spice-lattes/, publié le 24 septembre 2014.

Vivre dans une société capitaliste, c'est y participer. Pourtant, il faut se garder de normaliser ou d'essentialiser l'état des choses. Ce n'est pas dans la nature fondamentale de la Terre de dévorer. D'ailleurs, a-t-elle même une nature ? Possède-t-elle un principe essentiel qui la guide ? Le maquillage, lui, n'en a pas. Il ne naît pas capitaliste, sexiste ou normatif. Il le devient.

On associe traditionnellement le maquillage aux femmes (ou aux personnes qu'on ne considère pas comme des hommes hétérosexuels), et ce sont ces dernières qui, en règle générale, constituent le public cible des entreprises de cosmétiques. En ne voyant qu'une manifestation de notre décadence dans la culture de la beauté, dans ce qui a trait à l'ornementation des corps, on enferme le maquillage dans une vision sexiste qui associe les ravages du capitalisme à la femme, et plus particulièrement aux soins du corps. Bien sûr, le marché des produits cosmétiques obéit aux lois de notre système économique. C'est d'ailleurs une marchandise qui s'adapte particulièrement bien à l'émergence de nouveaux modes de commercialisation, comme ceux qu'alimentent les influenceurs·euses. Mais le maquillage déborde de cette acception. Il est distinct, pluriel et fuyant. C'est un produit, mais c'est aussi une pratique culturelle, un espace-temps. Il se décuple et ne représente pas qu'une série d'objets, c'est une série de gestes qui, en vertu de leur répétition, deviennent mythiques. C'est ma mère qui se rougit les lèvres au volant de sa voiture, profitant de l'embouteillage sur le pont. Ce sont ses lèvres rouges, suspendues dans l'éternité d'une légende. Ma légende à moi, quand j'étais enfant.

Parler du maquillage comme de lattés à la citrouille épicée, en crachant sur cette pratique culturelle comme si elle incarnait à elle seule les échecs de la civilisation et la futilité de notre société, revient subtilement à lui assigner un genre. Par extension, on voudrait presque féminiser le capitalisme. Il en découlerait une énième itération de la Genèse, ce récit biblique où Ève, en croquant dans une pomme, se rend responsable de la perdition de la race humaine. D'ailleurs, on reproche généralement à notre système économique les mêmes travers qu'on reproche aux femmes (fatales) : séduisant et trompeur, il utilise l'artifice et le sexe pour attiser les passions, puis précipiter dans l'abysse celles et ceux qu'il a ensorcelé·es. Comme une sorcière, il est puissant, dangereux, et parce qu'il n'accorde jamais son amour, il plonge celles et ceux qu'il charme dans le doute et la précarité. Il n'a pas de morale, il promeut l'égoïsme et l'assouvissement de ses désirs. C'est un suicide, un poison. Il nous mène tout droit vers l'apocalypse.

Cette association perverse n'est pas nouvelle. Elle sature d'ailleurs les milieux de gauche. En 2001, le collectif français Tiqqun publiait l'ouvrage philosophique et poétique *Premiers matériaux pour une théorie de la Jeune-Fille*, un recueil qui fait de la Jeune-Fille le « citoyen modèle » de la société marchande. Ainsi, philosophes et intellectuels se plaisent à tenter une « anthropomorphose » du capital et, dans un exercice de style douteux, entendent souligner l'abjection de la Jeune-Fille, pour poser les fondements de leur « théorie ».

La Jeune-Fille porte le masque de son visage. La Jeune-Fille ramène toute grandeur au niveau de son cul.

[…]

La Jeune-Fille porte dans son rire toute la désolation des boîtes de nuit. La Jeune-Fille est le seul insecte qui consente à l'entomologie des journaux féminins.

[…]

La beauté de la Jeune-Fille est produite. Elle ne répugne pas elle-même à le rappeler : « la beauté ne tombe pas du ciel », c'est-à-dire qu'elle est le fruit d'un travail[1].

1. Tiqqun, *Premiers matériaux pour une théorie de la Jeune-Fille*, Paris, Éditions Mille et Une Nuits, 2001, p. 33, 37 et 59.

À lire ce boys club de la gauche française, la société marchande penserait et agirait comme femme, une jeune fille fabriquée qui pourrait être vue comme la source de tous nos problèmes. Cette façon d'octroyer aux filles le rôle du fléau à combattre se manifeste d'ailleurs partout dans la langue, notamment à travers la féminisation métaphorique de phénomènes néfastes. S'il a fallu l'intervention de féministes pour qu'en 1970, on arrête de donner systématiquement des noms de femme aux ouragans de l'océan Atlantique[1], aujourd'hui, l'Académie française a insisté pour dire « la Covid-19 », alors que l'usage populaire « du Covid » dominait déjà en Europe francophone.

Le maquillage non plus n'échappe pas à la féminisation grammaticale. Sur YouTube, les makeup gurus confèrent un genre féminin à tout ce que leurs mains touchent. L'universitaire Giulia Zabbialini y voit la preuve de l'influence de la culture drag queen, précurseurs en matière de tutos beauté, sur la façon qu'ont les influenceurs·euses de s'exprimer sur leurs chaîne[2]. Les produits cosmétiques, qu'ils soient encensés ou critiqués, sont tous

---

1. Anonyme, « Metaphorical Gender in English : Feminine Boats, Masculine Tools and Neuter Animals », dans *Druide*, en ligne : https://www.druide.com/en/reports/metaphorical-gender-english-feminine-boats-masculine-tools-and-neuter-animals, octobre 2017.

2. Giulia Zabbialini, *« Girl, we are serving looks ! » : the influence of drag queen's language on the « beauty gurus » channels on YouTube*, en ligne : https://www.academia.edu/39236240/_Girl_we_are_serving_looks_the_influence_of_drag_queen_s_language_on_the_beauty_gurus_channels_on_YouTube, publié le 27 mars 2019.

des « she », même si l'anglais est normalement une langue neutre. Il en découle une sorte d'animisme étrange qui consolide les stéréotypes sexistes : la femme réapparaît sous la forme d'objets inanimés dont on encourage ou déconseille l'achat. « OMG she's expensive ! » et « Oh, she glows ! », peut-on entendre dire d'une poudre nacrée, comme si on marchandait un corps ou qu'on en vantait les attraits. Les produits sont manipulés, déshabillés. Ce n'est que lorsque l'emballage tombe que l'on peut juger de leur performance, leur décerner des étoiles et les recommander à nos ami·es. Oui, elle vaut la peine, le prix, le hype. « Vous ne serez pas déçu·es », que j'aimerais marmonner.

Féminisés, le maquillage et la société capitaliste font la paire. On dirait Javotte et Anastasie, les deux belles-sœurs pédantes de Cendrillon. Laides dedans comme dehors, elles n'ont d'autre choix que de tromper l'autre pour séduire : il faut qu'elles se coupent les pieds, qu'elles se fardent, qu'elles se donnent pour ce qu'elles ne sont pas. Ainsi, on peine à séparer les deux « Jeunes-Filles » et à concevoir les cosmétiques hors de notre régime économique. Dans les médias, on ne parle de maquillage qu'en termes de marchandises et de consommation. Et parce que l'achat de produits de beauté ne comble aucun besoin essentiel, on le perçoit comme une dépense irrationnelle, guidée par nos émotions. C'est le capitalisme à l'état pur, dans ce qu'il a d'excessif et de déraisonnable, de futile et de vain.

Et ce n'est pas totalement faux. Je me réfugie moi-même dans le maquillage quand je souffre, c'est une tradition. Je reviens tout juste du supermarché, une poudre illuminatrice MegaGlo dans ma sacoche. J'avais besoin de me sentir *amazing, very blinding and very pigmented. Yes, I recommend this product* et siouplaît, wet n wild, *please, never, never discontinue this shade*[1]. Il me semble que ça me ferait du bien d'avoir une poudre sur laquelle je peux compter, une valeur sûre. Je veux me sentir comme une étoile dans un ciel fixe, heureuse et en paix. Est-ce trop demander ? C'est ce que j'ai dit hier soir au sociologue de Los Angeles. J'ai dit : « Je te veux dans ma vie. » Et : « Je sais qu'on meurt seul·e, mais tu vas quand même avoir besoin de quelqu'un pour te tenir la main. » Pourtant, lui, il me voulait juste en amie.

adieu
jamais
impossible
zut

[…]

je suis le petit chien
qui cherche la voie Lactée
mon amour m'a dit non[2]

---

1. « J'avais besoin de me sentir extraordinaire, super aveuglante et très pigmentée. Oui, je recommande ce produit et s'il vous plaît, wet n wild, pitié, ne cessez jamais de vendre cette teinte. »

2. Myriam Cliche, *Myriam et le loup*, Montréal, L'Oie de Cravan, 2005, p. 35 et 36.

Il me voulait en fille à qui il peut envoyer des textos pendant la pandémie. Il me voulait en fille qui ouvre ses cuisses à l'occasion, en amante quand ça lui chante. Il me voulait en poudre brillante Precious Petals 321B, petite fleur qui dépense son loyer pour se payer un billet d'avion et aller se faire baiser, entendez « se faire avoir », « se faire fourrer ». Se faire fourrer dans la blessure que j'ai depuis le jour où je l'ai rencontré, il y a six ans. Mon amour, je ne guérirai jamais. En attendant, je me poudre, je me prends pour un pétale qui porte un numéro de série. J'ai 30 ans, unique et pareille comme toutes les autres, nitrure et diméticone, non testée sur les animaux.

Tout à l'heure, en rentrant chez moi, ma nouvelle poudre contre moi, dans mon sac, mon amour débordait de ma poitrine, il n'avait plus nulle part où aller. Il y a une semaine, le sociologue m'avait dit d'arrêter de faire de lui un personnage : j'étais à deux doigts d'obtempérer. J'allais l'effacer du livre que j'écris. Mais je n'y peux rien maintenant, parce qu'il joue si bien son rôle. Et je voudrais pouvoir lui dire : « C'est le seul pouvoir qu'il me reste, mon amour, le pouvoir de raconter les blessures que tu fourres. »

Le maquillage s'achète, se déballe, se donne, se jette. Mais avant de devenir un pur produit de consommation, comme cette poudre dans ma sacoche, il a existé en dehors du temps monétisé, des boutiques Sephora, Monoprix, des pharmacies. Avant de l'acheter, on l'a fabriqué. On l'a utilisé à des fins sacrées, utilitaires (pour se protéger du soleil, par exemple), nécessaires. D'ailleurs, les premières traces de son utilisation remonteraient à plus de 100 000 ans avant notre ère [1]. Des paléoanthropologues ont découvert dans des grottes des traces de pigment ocre et des outils pouvant avoir servi à en fabriquer. Dans des coquilles d'abalones, des vestiges d'un liquide rouge-jaune ferreux portent à croire que nos ancêtres se décoraient le corps, eux aussi. Même si on ne sait pas avec précision où, quand et comment le pigment est devenu

1. Frédéric Lewino, « Une trousse de maquillage de 100 000 ans », dans *Le Point*, en ligne : https://www.lepoint.fr/science/une-trousse-de-maquillage-de-100-000-ans-13-10-2011-1384250_25.php, publié le 13 octobre 2011.

parure, reste qu'il précède notre ère de consommation et devance notre conception de la beauté.

Pourtant, on préfère entretenir une vision réductrice du maquillage qui nourrit l'idée qu'une femme maquillée (ou d'une personne non-homme) serait fondamentalement frivole, omnubilée par sa propre image et cherchant à plaire aux autres. Un éthicien-philosophe me racontait que la racine grecque de « cosmétique », *kosmos*, renvoyait aux étoiles, celles auxquelles les femmes tenteraient de ressembler. C'était assez poétique pour qu'il divulgue son invention à l'antenne de Radio-Canada. Mais le « cosmos », dans son acception première, a moins à voir avec les astres qu'avec *l'Univers considéré comme un tout*[1]. Il se comprend par opposition au *khaos*, ce néant originel qu'il résout en suggérant la création d'un monde nouveau. Le cosmos met de l'ordre dans le désordre primitif; il le raconte, car il lui succède. C'est d'ailleurs dans cet ordre cosmique que les Grecs percevaient la beauté. Or, n'est-ce pas ça que l'on fait, quand on se maquille ou qu'on écrit? On met de l'ordre, on se donne un début, une fin. On exprime notre propre cosmogonie: il était une fois qui je suis.

Bien sûr, le pigment préhistorique qu'on a retrouvé dans des coquillages a dû participer au jeu de la séduction aux côtés d'autres couleurs qui servent par exemple aux

---

1. Antidote, version 4.4.0, 2017, définition du terme « cosmos » ou « Cosmos ».

animaux à se distinguer de ceux de leur espèce. L'argile mordorée a peut-être été pour ces personnes ce que le plumage et le chant sont aux oiseaux; elle a marqué les corps, afin de les différencier dans la concurrence sexuelle. Mais on ne saurait réduire le maquillage à un instrument de séduction. L'ocre a également été utilisée pour tracer sur la peau des récits de soi. Lors de rituels, elle a permis aux hommes et aux femmes d'une même tribu d'endosser des rôles, de se raconter des histoires. Selon l'anthropologue Camilla Power, en investissant la peau, cette frontière qui délimite le sujet d'un point de vue biologique, psychologique et social, le maquillage a participé à forger l'identité des êtres humains[1]. Quand on altère nos surfaces, on s'adresse à celles et ceux qui se tiennent à leur lisière. Car pour savoir qui l'on est, on a toujours besoin des autres comme ils et elles ont besoin de nous, pour développer une conscience d'eux-mêmes. Les premières personnes qui se sont maquillées, faute de miroir, ne pouvaient d'ailleurs pas se concevoir sans imaginer comment les autres les voyaient[2]. En se peignant le corps, on entre ainsi en relation avec autrui. On se dessine comme un soi idéal, et cette perfomance lui dévoile nos désirs, nos aspirations, celui ou celle qu'on rêve d'être.

---

1. Camilla Power, «Cosmetics, Identity & Consciousness», dans *Journal of Consciousness Studies*, 17, n° 7-8, 2010, p. 73-94.
Disponible en ligne:
http://radicalanthropologygroup.org/sites/default/files/pdf/pubPower_JCS.pdf.

2. *Ibid.*

J'imagine cette performance aussi belle que celle que ma mère donnait, lorsqu'elle se mettait du rouge à lèvres dans sa voiture jaune. Chaque matin, prise dans un bouchon de circulation, au moment de traverser le pont, énervée et en colère, elle sortait son tube de rouge. Camille Powers avance ainsi que *l'actrice cosmétisée se demande non seulement « Qui suis-je ? » et « De quoi ai-je l'air aux yeux des autres ? », mais elle affirme aussi : « Voici où je me situe dans le cosmos », en relation avec les autres*[1]. Si je la suis, alors je peux penser que ma mère marquait une différence entre son corps de femme et ceux, prépubères, de ma sœur jumelle et du mien. Elle s'érigeait en sommet que je me promettais à mon tour d'atteindre. Enfant, je rêvais de lui dire : « Maman, regarde mes bottes de cuir, mes clés de voiture, je suis une femme, maintenant. »

À mes yeux d'enfant, son geste l'élevait au rang d'adulte. J'étais fascinée par ce rituel exécuté à la hâte, parfois mêlé à ses cris et à ses injures. Je fixais ma mère, en essayant de comprendre, pour mieux la répliquer, la magie qu'elle opérait. Mais ma mère n'aimait pas qu'on la regarde. Ça l'énervait. Percevait-elle alors ce qu'il peut y avoir d'anxiogène quand une paire d'yeux nous scrutent ? Leur jugement tombe comme un couperet. Il détermine

1. *Ibid.*, p. 76-77.

Ma traduction : « In constructing her 'fake' identity, representing her 'self', not only does the cosmeticised performer ask 'Who am I? and 'How do I look to the others?', but also asserts: 'This is where I belong in the cosmos' in relation to those others. »

si notre performance passe le test de la vraisemblance. Car l'autre détient le pouvoir, la clé de notre identité. Après tout, ce sont mes yeux d'enfant qui faisaient d'elle une adulte.

La première fois qu'elle m'a vue maquillée, elle a ri de moi et m'a dit que j'avais l'air d'une « pute sur la rue Sainte-Catherine ». Je voulais être une femme, elle me traitait d'impostrice. Dans ses mots, je portais un costume, comme un petit gars qui se déguise en pompier parce qu'il rêve d'être un grand garçon. Ma performance était ratée. Ma mère n'a d'ailleurs jamais hésité à dénigrer mes tentatives de me poser en sujet féminin sexuel. Elle m'a souvent signifié que je ne serais jamais autre chose qu'une enfant qui joue à la maturité, peu importe le rouge à lèvres ou le mascara que je mettais. Et si j'ai persisté si longtemps pour arriver à tracer une ligne d'eye-liner parfaite, c'était sûrement pour légitimer le fait que je me maquille, comme si la maîtrise d'une technique me donnait la permission de le faire. Encore aujourd'hui, je compense mon sentiment d'imposture par l'assurance de mon expertise. J'ai l'impression que je mérite mes yeux charbonneux, parce que j'ai travaillé pour les obtenir.

Quand j'étais ado, ma mère inspectait mon corps et celui de ma sœur chaque matin. Les bras dans les airs, il fallait espérer que nos chandails soient assez longs pour cacher notre peau. Ces séances d'humiliation quotidiennes nous remettaient à notre place assignée de fillettes. On aurait dit que je ne m'appartenais pas : elle avait tous les droits sur moi. Un jour, je lui ai demandé de ne plus entrer dans la salle de bains quand j'y étais, mais *ce n'était pas une enfant avec trois poils sur la chatte qui allait lui dire quoi faire.* Il m'aurait fallu une porte et un verrou.

Parfois, je pense que ma mère niait ma maturité sexuelle, parce qu'elle menaçait la sienne. Mon corps qui s'épanouissait signifiait la désuétude du sien. Quand ma sœur jumelle est tombée enceinte, ma mère l'a prévenue : *jamais personne ne m'appellera grand-maman.* En voulant nous empêcher de devenir des femmes, ma mère souhaitait-elle empêcher la succession naturelle des générations ? C'était peut-être une façon de combattre sa propre mort.

Aujourd'hui, même avec une ligne d'eye-liner parfaite, je me perçois encore comme une petite fille. La voix de ma mère joue en boucle dans ma tête, elle me parle de mes trois poils sur la chatte, de mon maquillage malhabile. Je la vois couper mes cheveux, soulever mon chandail et se jeter sur moi. Elle ouvre la porte des toilettes qui ne se verrouille pas. Je suis terrassée par l'angoisse de participer à sa chute. Il faut taire la catastrophe que je connais : je suis devenue une adulte.

Ma part de femme, je la range comme une belle robe trop chic que je ne veux pas abîmer et je finis par ne jamais la porter. C'est une robe en soie achetée trop cher, une affaire jaune et bleu marécage. Miu Miu. Mais j'ai une vie d'appartement et de draps, je manque d'occasions de la porter. Et puis, je préfère les T-shirts et les jeans. Ça ne menace personne et ça ne me sexualise pas. J'ai encore peur de contrarier ma mère, de rivaliser avec elle. Alors, je me la joue Hello Kitty, cette chatte blanche que j'ai imprimée sur mes running shoes. Elle susurre en lettres rouges sur ma semelle : *say hello when you see me*. Élève de 3e année qui aime faire des biscuits et qui mesure environ cinq pommes, Hello Kitty ne vieillit pas. Depuis 1974, elle occupe plutôt l'espace intermédiaire qui sépare la fillette de la femme sexuée, cet entre-deux ambigu où l'on est *Not a Girl, Not Yet a Woman*[1], comme chantait Britney Spears. On voudrait ne jamais quitter cet intervalle sacré, refouler la mort et rester cute forever. Ce qu'on dit quand on se projette dans Hello Kitty, c'est moins « Hello » que « Please, take care of me ».

Je veux que quelqu'un prenne soin de moi. Est-ce un souhait raisonnable ou la lubie d'une fille qui ne sait pas vieillir ? En échange de mon suc et de ma dentelle, je peux obtenir de l'argent, mais je veux surtout une présence protectrice. Épouse de X, chienne d'Y. Ça me plaît de prétendre être une princesse en détresse, un bébé en sucre. J'ai dit aux sugar daddies que j'avais besoin d'argent pour payer mes dettes, pour passer mon permis, pour m'acheter un poêle et un frigo. La vérité, c'est que j'ai besoin. J'ai juste besoin. *Please take care of me.* Mon

1. D'après le titre d'une chanson de Britney Spears, « I'm Not a Girl, Not Yet a Woman ».

sugar daddy m'a offert un plant de fraises, il est venu me chercher en décapotable, il y avait du gâteau, c'était ma fête. Quand il m'a demandé combien il me devait, moi, j'ai dit *rien, tu me dois rien.* Un plant de fraises, ma fête, du temps. J'ai découvert que j'étais prête à donner mon corps pour ça. Je suis toujours prête, promis. Je ne fais peur à personne, je suis comme un petit Rubik's Cube déjà tout résolu, no strings attached ; un objet qu'on a compris. Les filles qui désirent sont celles qui font peur. Elles ne cherchent pas à plaire, mais à se faire plaisir. Et ça fait trembler la grande famille des papis, parce qu'ils tiennent à conserver le monopole de ce verbe par lequel on s'émancipe, par lequel on devient autre chose qu'une baby : désirer.

L'entreprise qui a créé Hello Kitty affirme que si elle n'a pas de bouche, c'est pour que les gens puissent projeter leurs émotions sur elle. Moi, je trouve que ça lui donne un petit côté sado-maso. On pourrait croire qu'elle joue la soumise et que sa bouche effacée métaphorise le gag ball, cette boule de caoutchouc qui la bâillonne. Car Hello Kitty est plus que mignonne, elle est *kawaii*. Ce concept japonais, parent étymologique du terme *kawaisō* qui signifie pitoyable ou pathétique [1], traduit une vulnérabilité exacerbée, presque douloureuse. L'objet *kawaii* désarme. Il nous incite à la tendresse, au *care*. Comme les

1. Christine Reiko Yano, « Kitty at home », dans *Pink Globalisation : Hello Kitty's Trek Across The Pacific*, Durham, Duke University Press, 2013, p. 54.

yeux gonflés de certains poissons rouges que je n'ai jamais su regarder sans vouloir les crever, le *kawaii* nous pousse également au sadisme. Cette Kitty, on ne veut pas juste la cajoler, on veut la posséder, la dominer. On aimerait lui fourrer notre poing dans la gueule.

Le *kawaii* se présente comme un certain regard [1], une façon de percevoir l'autre comme vulnérable. On se lie d'émotions pour lui ou elle, on éprouve de la tendresse, de l'empathie, mais on peut aussi ressentir une soif de destruction, comme devant ces bébés que l'on voudrait tant croquer et mordre. D'ailleurs, la vulnérabilité de Kitty n'est pas sans rappeler celle mise en scène par les influenceurs·euses, en ce qu'elle est délibérément soulignée, afin de susciter une réponse émotionnelle précise. Elle est à la racine de la relation d'intimité qui se tisse entre deux parties : consommateur·trice et consommé·e, influenceur·euse et influencé·e, amoureux·se et aimé·e. On veut prendre soin de celui ou celle qui semble avoir besoin de nous. *I care for you*, que j'ai dit au sociologue la dernière fois qu'on s'est parlé. Et quand on *care* pour quelqu'un, on est prêt à lui donner notre amour, notre temps et surtout, notre attention, cette ressource rare que les influenceurs·euses font si bien fructifier.

Si j'aspire à être cutie, c'est peut-être moins par désir de soumission que par volonté de diriger les regards qu'on pose sur moi. Ça me donne l'impression d'avoir le

1. *Ibid.*, p. 57.

contrôle sur une fraction de ma vie, cette vie de descente en youtube sur les rivières de l'Amérique, de journées entières passées dans mon lit à cliquer, taper dans la barre de recherche : « best highlighter no cakey » et « corset 90's vintage » et « toner white hair » et « olaplex dupe ». Je clique sur des chandails pour rien, je clique comme un vieux robot. Et peu m'importe le soleil dehors, je n'ai souvent qu'une seule envie : continuer de cliquer. Précédent, suivant. Peut-être qu'en étant mignonne, ma vie prendra un sens nouveau. Ungaro Paris Style Chemise. Quelqu'un voudra prendre soin de moi. Flower Wrap Style taille 6. Je veux être une fleur unique au monde, une baby luv, et exister sur la planète d'un petit bonhomme en costume vert, avec des cheveux jaunes.

Mon apparence physique joue un rôle dans mes rapports sociaux, romantiques ou non. *La moi avec le visage nu et la moi avec de la BB cream et des sourcils dessinés font l'expérience du monde de manière très différente. Les standards de beauté ont beau sembler artificiels, leurs conséquences sont profondément réelles et vont bien au-delà de l'attirance sexuelle*[1], écrit Sam George Allen dans *Witches: What Women do Together*. Ce n'est pas nécessairement pour séduire qu'on reproduit une image. Parfois, c'est tout bêtement pour obtenir certains privilèges. Anna Sorokin, une jeune escroc qui s'est fait passer pour une

1. Sam George-Allen, « Where the Male Gaze Doesn't Go: On YouTube's Universe of Make-Up Tutorials », sur *LitHub*, en ligne: https://lithub.com/where-the-male-gaze-doesnt-go-on-youtubes-universe-of-make-up-tutorials/, publié le 13 janvier 2020.

Merci à Marilou Craft pour le partage de l'article.

Ma traduction : « Me with a bare face and me with BB cream and filled-in eyebrows experience the world very differently. The beauty standard might be artificial, but its effects are profoundly real, and much further reaching than sexual attraction. »

riche héritière, a par exemple eu recours aux services d'un styliste professionnel chaque fois qu'elle a dû comparaître au tribunal. Avec ses froufrous sages et beiges et ses baby-dolls sobres, l'accusée voulait mystifier l'audience. Ses avocats ont dit avoir eu peur qu'un uniforme de prison l'incrimine immédiatement aux yeux du jury. Son style venait appuyer sa défense et consolider ses arguments : si elle avait volé de l'argent, c'était humblement, sans vouloir faire de mal à une mouche. Anna voulait juste se lancer en affaires et elle avait besoin d'un coup de pouce. Moi aussi, j'ai besoin d'un coup de pouce, alors je fais fructifier mon corps valide, blanc et proportionné. Avant de m'inscrire sur le site de sugar daddies, jamais je n'avais pensé lui accorder un prix. Maintenant, je regarde ma peau de bras qui pend et je vois ma valeur plomber. Je me rase, je m'épile le menton. Je joue le jeu. Et maintenant, j'ai un poêle et un frigo. Merci, daddy.

Mais toute image que l'on crée peut être déconstruite. Ainsi, le soir, je me démaquille religieusement. Double cleanse coréen, j'efface les traces de l'histoire que j'ai racontée, je dilue le texte qui disparaît dans l'évier. La peau démaquillée, nue et imparfaite est d'ailleurs la clé de voûte de la plupart des tutoriels beauté sur YouTube. En amont du processus de transformation, c'est le visage démaquillé que le ou la youtubeur·euse commence sa métamorphose. Car la tension narrative de l'histoire qu'on s'apprête à raconter dépend de la distance qui se creuse entre le visage nu et le visage maquillé. Pour que l'histoire soit digne d'être rapportée, il faut qu'entre les deux, il y ait une différence. Comme l'explique encore Sam George-Allen, parce que la vidéo s'ouvre sur un visage nu et imparfait, le tutoriel beauté contribue à démystifier le mythe de la beauté dite « naturelle », cette prétendue qualité intrinsèque que les coups de pinceau et les crèmes ne permettraient que de singer [1]. Sur YouTube, tout le monde a la peau boutonneuse, un teint inégal ou des rougeurs, et personne ne s'en formalise. C'est même l'incipit du poème que tous·tes écrivent, cette « première vraie phrase » dont parle Hemingway lorsqu'il explique comment vaincre la page blanche : *All you have to do is write one true sentence. Write the truest sentence that you know* [2]. Cette première phrase, ce n'est pas la laideur, mais l'imperfection fondamentale de chaque être humain.

Dans les rapports complexes qu'il fait naître, le maquillage me fait penser à un poème. C'est un texte de mots muets, une sorte de prose corporelle. On peut le composer en respectant des règles et des pieds, ou alors cultiver des verrues sur son visage, comme Rimbaud. Le corps parle à travers ses couleurs et demande à l'autre de le lire. En me maquillant, je me redis. Je m'estompe à l'éponge, je me balaie au pinceau. Je suis l'autrice et le texte et je m'écris. Cette écriture charnelle fait se rencontrer plusieurs regards, plusieurs lectures. Au centre de ce croisement de subjectivités, on trouve un être en tension,

1. *Ibid.*
2. « Tout ce qu'il faut faire, c'est écrire une phrase vraie. Écrivez la phrase la plus vraie possible. »

une personne à la fois sujet et objet, à dix mille lieues de la simplissime Jeune-Fille dépeinte par Tiqqun.

Mon récit de peau a besoin du regard de l'autre, présent ou imaginaire, pour être lu et prendre vie. Il s'offre et il s'expose. On dit que le poète Paul Celan aurait affirmé qu'il ne voyait pas de différence entre une poignée de main et un poème, que ces deux choses parvenaient aux mêmes fins. La poète Claudia Rankine glose : *La poignée de main est le rituel qu'on a trouvé pour montrer qu'on existait (je suis ici) et offrir à quelqu'un d'autre (tiens) une part de soi-même. Un poème c'est donc une pancarte qui dit « ici ». Je suis ici.* Il me semble que cette définition du poème pourrait aussi coller au maquillage. C'est une poignée de main, *une présence inébranlable qui, en même temps, s'offre à l'autre.* Et comme le pense Rankine, *c'est peut-être ça, être vivant*[1].

Il n'y a pas d'autre monde que le monde et le maquillage a beau écrire des poèmes, il véhicule des valeurs qui sont aussi celles de notre siècle. Je n'ai jamais vu quelqu'un se tremper le bout des doigts dans un coquillage, puis s'enduire le corps d'ocre, afin d'exécuter une danse devant

---

1. Claudia Rankine, *Don't Let Me Be Lonely*, Minneapolis, Graywolf Press, 2004, p. 130.

Ma traduction : « The handshake is our decided ritual of both asserting (I am here) and handing over (here) a self to another. […] This conflation of the solidity of presence with the offering of this same presence perhaps has everything to do with being alive. » Note : le poème original contient une image de pancarte qui porte l'inscription « here ».

sa famille. Par contre, j'ai vu ma mère se mettre du rouge à lèvres chaque jour dans son auto, avant d'aller travailler. J'ai vu les gens s'échanger des cadeaux à Noël et dépenser comme des fous, le jour du Black Friday. Je me suis vue moi-même passer des heures sur YouTube à me recueillir devant des inconnu·es qui me parlaient de leurs derniers achats. Ces rites-là qui réaffirment et consolident le système capitaliste dans lequel on vit.

Mon amie Julie m'a dit que la spécificité du capitalisme relevait de son pouvoir d'adaptation. Il s'agit d'une bête polymorphe et mutante qui module son discours pour maximiser ses chances de survie. C'est une couleur changeante, qui tire toujours sur une autre teinte. Elle se métamorphose, comme un organe en décomposition. Sur son terreau poussent continuellement de nouveaux corps, de nouvelles fleurs. Comme une lampe merveilleuse que l'on frotte pour faire apparaître un génie capable de répondre à tous nos souhaits, le capitalisme nous promet une offre sans cesse renouvelée. À mesure que nos désirs se transforment, notre régime économique se réinvente lui aussi. Si l'on veut du féminisme, le capitalisme nous en donnera à consommer. Il deviendra vert, écolo ou pro-selfcare, au gré des tendances. Il nous proposera toujours des produits qui s'adapteront à notre demande. Et si on veut acheter du vrai, il insistera sur l'authenticité de ce qu'il nous vend. En 2015, par exemple, pour répondre aux critiques de consommateurs·trices déçu·es de ne pas trouver de « vraie » citrouille dans leur pumpkin spice latte, Starbucks a ajouté à la boisson une toute petite quantité de purée de citrouille, une touche politically correct de « realness » dans son café. Sur son compte Twitter officiel, la boisson tweetait : « In between a yoga retreat and a vision quest, I made a big decision to use real pumpkin. My dad is so proud [1]. »

En 2018, c'est l'entreprise de cosmétiques Lush qui annonçait qu'elle n'utiliserait plus de mica naturel dans ses produits, afin de faire briller ses client·es sans faire planer sur leur lustre l'ombre de l'exploitation des enfants. À la place, elle utiliserait une forme synthétique de mica, permettant ainsi au capital de poursuivre sa course en toute bonne conscience. En prenant une telle décision, Lush continue d'alimenter la machine à profits tout en assurant à sa clientèle qu'elle reste fidèle à ses valeurs entrepreneuriales. Mais si on voulait vraiment venir en aide aux enfants mineurs de brillants, il faudrait par exemple faire en sorte que les mineurs soient mieux payés, pour qu'ils puissent envoyer leurs enfants à l'école (et non à la mine). Or, cela impliquerait de renoncer à certains privilèges, comme l'asservissement économique d'autres pays. Mais le capitalisme ne nous fait pas renoncer à nos privilèges, il nous fait jouer à un jeu qui consiste à ne pas marcher sur les lignes de trottoir. Tant qu'on ne pile pas sur une maudite craque, on est safe, on est OK, on peut continuer de cracher le schmoney.

---

1. Tweet de @TheRealPSL, en ligne : https://twitter.com/TheRealPSL/status/633309027896700928?s=20, publié le 17 août 2015.

C'est le Jour de l'An. J'ai travaillé dans mon lit toute la journée. Je n'en suis sortie que pour acheter une bouteille de mousseux pas cher, que je boirai tout à l'heure avec Kathy. Elle me rejoindra, les bras chargés d'algues et de sushis, et nous rirons en regardant un épisode de télé-réalité obscène, après avoir mangé un bonbon au cannabis. Pour le moment, j'émerge à peine du torrent de ma couette. Même cloîtrée chez moi, je me suis tracé des yeux de chat mauve et or. C'est ma prière pour rendre hommage à ce que je ne connais pas encore. Quand j'ai descendu ma poubelle pour le recyclage un peu plus tôt, le fait de me savoir ornée de couleurs m'a fait rougir jusqu'au cœur. Comme un bijou, je me suis sentie inestimable. J'ai grimpé mon escalier de secours, remplie d'espoir et de volonté, j'ai traversé ma cuisine en me sentant bénie. J'ai marché sur mon lino comme si je marchais sur l'eau. *Je continuerai d'écrire du feu jusqu'à ce qu'il sorte par mes oreilles, mes yeux, mes narines — jusqu'à ce qu'il sorte de partout,* a écrit Audre Lorde, qui se savait atteinte d'un cancer incurable. Puis aussi : *Je quitterai ce monde comme un fucking météore*[1]. Ce soir, j'ai l'impression de régner en princesse sur mon existence, d'avoir la chance de survivre, mais surtout, de vivre. En m'honorant, je célèbre la seule chose qui m'appartienne vraiment. Moi aussi, je veux écrire mon corps.

Quand je me maquille, je n'ignore pas tout l'argent que je dilapide en poudre et en crème. Je sais que mes dépenses me plombent, comme elles plombent le monde, que je sature de mes déchets. Quelque part sur Reddit, j'ai même trouvé une feuille de calcul qui permettait de déterminer combien d'années d'ombres à paupières je possédais[2]. En me basant sur le nombre de fards que j'ai chez moi, j'ai découvert que j'avais six ans de fards devant moi. Et ça, c'est si je me maquille sept jours sur sept, en utilisant toujours au moins trois couleurs. Je consomme peut-être autant parce que j'ai un trou dans le cœur, un cratère de la taille d'un rouge à lèvres Ruby Woo[3]. J'essaie de remblayer ma béance rouge-bleu vif, maculée de la nuance de rouge à lèvres MAC qui s'écoule à raison de

1. Audre Lorde, *op. cit.*, p. 71.

Ma traduction : « I am going to write fire until it comes out of my ears, my eyes, my noseholes – everywhere. [...] I'm going to go out like a fucking meteor ! »

2. En ligne : https://docs.google.com/spreadsheets/d/1xjC-d8W0V8PsvZwMUedSkU-PPRpXyvSfpeZK-Q29BpM/edit#gid=0, page consultée le 22 mai 2020.

3. Allusion au poème « Les restes du party que j'ai dû annuler » de Tara-Michelle Ziniuk, dans *Reste ou va-t'en* (trad. de l'anglais par Daphné B.), Montréal, Triptyque, 2019, p. 38.

quatre tubes par minute[1]. J'imagine les tubes en forme de balle qui s'accumulent. Ils forment des tas de munitions, racontent une guerre mondiale perpétuelle.

1. Marlisse Cepeda, « This Is the Best-Selling Lipstick Shade in the Country », *Woman's Day*, en ligne : https://www.womansday.com/style/beauty/a56758/best-selling-lipstick-in-the-world/, publié le 4 novembre 2016.

Quand je lis sur le maquillage, on le traite d'emblée comme quelque chose de frivole. Toujours, on essaie de me vendre des produits, on me renseigne sur des tendances.

le eye-liner graphique débarque en ville
vive le rouge corail
gloss alert
itsi bitsi tiny sourcils

Féminin ou plutôt féminisé, il n'est abordé que sous le couvert de la marchandise et ne transcende jamais son emballage. Pourtant, un grand nombre de discours sur le genre, l'identité, l'environnement ou encore la culture populaire traversent cette pratique, qui est appelée à prendre de plus en plus d'importance. En 2019, on estimait la valeur de l'industrie du maquillage à 445 milliards de dollars. D'ici 2024, ce chiffre pourrait atteindre

800 milliards [1], soit presque le double. À ce moment-là, mon corps compulsif et nacré tremblera peut-être de cette misère conne que je me serai moi-même imposée, en achetant des tonnes de produits trop chers. Je serai ruinée ou alors disparue. Mais si je suis encore vivante, je sais que je serai quelque part, maquillée, à m'écrire le visage et la vie, à m'assurer que personne ne puisse m'effacer.

Je me souviens des yeux mi-clos du sociologue, quand il m'a pénétrée pour la première fois. Je le regardais qui ne me voyait plus, si absorbé dans sa jouissance qu'il en avait oublié la mienne. En fait, je me réjouissais d'être moi-même devenue savante, parce que j'étais en train de faire une expérience sociologique. Je prenais des notes, je consignais dans ma tête tous ses grognements. J'analysais ma propre disparition.

Si je m'écris aujourd'hui, c'est pour m'assurer d'avoir existé.

---

1. Statistique mentionnée dans le documentaire « Makeup Mayhem », premier épisode de la série *Broken*, sur Netflix, réalisé par Sarah Holm Johansen et diffusé en première le 27 novembre 2019.

Il est rare qu'on interroge le maquillage avec sérieux, qu'on tente de voir en quoi il peut nous aider à appréhender le réel. En fait, il révèle bien plus qu'il ne cache, car à travers lui se profilent les paradoxes constitutifs de notre siècle. Et s'il représente une forme de langage, les histoires qu'il raconte changent, à mesure que notre monde se transforme, lui aussi. Décoder ses couleurs, c'est comprendre notre société.

Le schmoney qui participe à l'accumulation des *bullets*[1] de rouge à lèvres a pour corrélat le shmoney, la monnaie bioluminescente de la survivance. Là où la richesse s'accumule, la pauvreté se creuse. Là où les billets verts bruissent, des gens se déplacent sur la pointe des pieds, traversent leur nuit sans faire de bruit, pour ne pas réveiller l'ours d'ombre. C'est un doigt sur la bouche qu'on peut sauver sa peau.

1. Les rouges à lèvres en bâton sont appelés des « bullet lipsticks » en anglais, en raison de leur forme, qui s'apparente à des projectiles.

Shhhtt !

Schmoney, shmoney, le maquillage circule dans les deux termes comme un fluide. Il n'appartient ni à l'un ni à l'autre de ces règnes. Ou alors, il appartient aux deux. S'il magnifie mon corps et me permet d'arrêter le temps, il me plonge aussi dans une spirale mortifère de surconsommation. À la manière du *pharmakon* grec, c'est mon remède, mais c'est aussi mon poison.

Pour les philosophes grecs antiques, les cosmétiques aussi ont incarné une substance délétère dont il fallait se méfier, parce qu'ils mettaient en danger leur conception du monde. Vecteur d'illusions, le maquillage menaçait de confondre l'image avec le réel. Toute la pensée occidentale est d'ailleurs traversée par le dédain latent des matières (pigments, couleurs, ornements) permettant d'altérer l'apparence du corps et des choses. Parce que l'on considérait qu'elles feignaient ou dissimulaient le vrai, on a voulu les en écarter. La philosophe et historienne Jacqueline Lichtenstein demande ainsi : *Mais quel est le but de cette distinction sinon de préserver l'identité du réel de toute confusion possible qui serait dommageable à la dignité de celui qui s'y rapporte*[1] *?* C'est pour mieux asseoir sa vision du monde que Platon a condamné les cosmétiques, qu'il oppose à une soi-disant réalité universelle et

1. Jacqueline Lichtenstein, *op. cit.*, p. 234.

immuable. Or, les substances qui transforment indiquent le changement et prouvent que rien n'est immuable. En fait, le monde est à la merci de chacun de nos gestes, comme celui de se maquiller, par exemple. Et si les cosmétiques font peur, ceux et celles qui jouissent de leur pouvoir de transformation comme d'un droit sont doublement à craindre. Ils et elles incarnent le mouvement et l'instabilité constitutifs de nos identités. Voilà pourquoi on ne se contente pas de dénigrer le maquillage, on juge aussi ceux et celles qui en portent.

Je fais défiler mes vieux selfies en appuyant sur la flèche pour revenir en arrière. Back, back, back. C'est sur ma face que se joue le drame de toutes mes rencontres, de mes histoires d'amour et d'amitié. Mes frontières sont aussi des ouvertures. *C'est ça, le pharmakon : un seuil sans début ni fin, où nos corps échangent des informations avec l'environnement*[1], écrit la poète Lisa Robertson. Et moi, je me tiens sur le seuil avec mes poils et mes points noirs, mes débuts de rides et mes paupières rubis.

La nuit dernière, je suis devenue paranoïaque. Je me suis mise à penser que le sociologue n'avait jamais vraiment existé. J'ai eu peur de l'avoir inventé, d'être devenue

---

1. Lisa Robertson, « How to Colour », dans *Occasional Work and Seven Walks from th Office for Soft Architecture*, Toronto, Coach House Books, 2011 [2003], p. 123.

Ma traduction : « This is the pharmakon : an indiscrete threshold where our bodies exchange information with an environment. »

folle. C'était pourtant mon oiseau parfait, celui que pendant six ans, j'ai attendu. Ça, je le sais, j'étais prête à vivre ma fin du monde avec lui. Mais il m'a dit non. Il m'a même dit : *But if you ever want a friend to play with, you know where to find me*[1].

No drama.
No strings attached.

J'ai passé une nuit entière à m'enregistrer, à me filmer, à consigner l'existence de cet homme que j'ai aimé, touché, embrassé, avec qui j'ai gravi des montagnes et marché dans le désert. J'ai dû googler son nom, juste pour être sûre de ne pas l'avoir imaginé. C'est peut-être pour ça que je m'écris, que je scrute mon visage dans le miroir de la salle de bains pendant des heures. Je veux exister, du moins à mes yeux. Je veux me croire.

Le sociologue, je lui avais dit : *j'aime la tache brune sur ta paupière*, mais lui ne savait pas de quelle tache brune je parlais, parce qu'il n'aimait pas se regarder dans le miroir. Au-delà de lui, c'est toute la philosophie occidentale qui se méfie de la vanité des êtres qui s'y regardent. Aujourd'hui, je pense que si le sociologue n'aimait pas les miroirs, c'est peut-être parce qu'il avait peur de ce qu'il pouvait y voir.

1. Mais si jamais tu veux un ami avec qui jouer, tu sais où me trouver.

Moi, je me regarde, je me répands, je joue. Les cosmétiques de couleurs redessinent mes traits, ils les durcissent ou ils les floutent, ils les colorent. Exit la ligne droite, straight. Dans ma salle de bains, c'est le règne du diffus, de la mutation, de l'oblique et du zigzag ; c'est ma propre dissolution et mes yeux de raton laveur, quand je pleure. Chaque jour, je laisse quelque part une partie de moi, un bout de couleur, comme un oiseau mort. *Contrairement à la ligne qui est déjà le résultat d'un parcours et le début d'un dessin, la couleur n'est pas le commencement d'une figure*[1]. Elle parle, mais dans une langue inconnue, sans reproduire les signes qui nous sont familiers. Et comme le monde qui change constamment, elle dit la vie, mais elle dit aussi la mort. La couleur de la peau change quand cesse de circuler le sang.

Pour la poète Lisa Robertson, les couleurs, aqueuses et dégoulinantes, à cause de leurs limites troubles, invitent les changements politiques. *Dangereusement, le pigment s'étend. L'artifice est l'irrespect de la rectitude des frontières*[2], dit encore Lisa Roberston. Et j'ai l'impression de faire la même chose quand j'écris : je m'étends, je bave, je fais tranquillement dévier les lignes, le squelette de l'histoire, en reprenant les rênes de sa narration.

1. Jacqueline Lichtenstein, *op. cit.*, p. 79.

2. Lisa Robertson, *op. cit.*, p. 123.

Ma traduction : « Dangerously pigment smears. Artifice is the disrespect of the propriety of borders. »

Si on interroge peu les cosmétiques, si on les relègue à la presse féminine, c'est peut-être parce qu'ils menacent la hiérarchie des choses que l'on voudrait intouchables. Le maquillage jase trop fort. Il contamine et mouille les chairs. Il séduit. Il parle de métamorphose et de changement. Or, c'est dans le changement que se situe l'espoir. C'est d'ailleurs toujours lui que la foule réclame, dans les émeutes et les manifestations, en bafouant les règles et en désobéissant heureusement.

Il est tard, alors je me démaquille, je me défais. Ma couleur ruisselle dans l'évier. Chaque jour, devant le miroir de ma salle de bains, j'apprivoise ce grand mouvement qu'il nous faut tous·tes un jour tracer. J'apprends à mourir.

Je voulais écrire un livre sur le maquillage. Un essai, une enquête, une recherche, une exploration. Je voulais méditer sur cette matière qui peuple mes nuits d'insomnie. Pourtant, on dirait que j'ai un cœur brisé au bout des lèvres, au bout des doigts. Je parle d'amour, encore une fois.

Quelqu'un m'a déjà demandé si on devait considérer la résurgence de l'amour dans mes livres comme une bonne nouvelle. Mais l'amour n'est ni une bonne ni une mauvaise nouvelle. En fait, ce n'est pas une nouvelle du tout, même s'il doit toujours trouver de nouveaux mots pour se dire. Comme la mort, il est au cœur de l'expérience humaine.

N.,

You were the person I wanted to take care of.
We all need someone to hold our hand when we die, even if we die alone.

That's all.
I'm sad but I'm also relieved. I've suffered a lot[1].

Je me suis longtemps imaginé que je tournais en rond, avec un seul « je » dans la gorge, un « je » qui ne sortait jamais de lui-même, qui se scrutait dans le miroir de la salle de bains, un « je » qui dépensait sans compter au Monoprix, pour des bêtises : un nouveau masque capillaire, une barrette brillante.

On m'a souvent dit : « Daphné, on n'en peut plus d'entendre les mêmes histoires, tes peines d'amour, ces petites brisures. Ramasse donc tes éclats par terre avec

1. « N.,
C'est de toi dont je voulais prendre soin.
On a tous besoin de quelqu'un pour nous tenir la main quand on meurt, même si on meurt seul.
C'est tout.
Je suis triste, mais soulagée. J'ai beaucoup souffert. »

le balai-brosse, démaquille-toi de ces sottises d'adolescente. Vas-tu finir par toujours nous répéter les mêmes histoires ? »

Mais je n'ai pas à m'excuser. Car comme la décoloration, les fards, la peur ou la mort, l'amour nous enseigne le passage obligé de toute transformation : la blessure.

That's all, mon amour, that's all.

NOTE

Certains textes sont parus sous d'autres formes, notamment dans ma newsletter sur le maquillage, *Choses Sérieuses*, mais aussi sur le blog et magazine *Filles Missiles*, que je codirigeais.

J'ai aussi utilisé et remanié des extraits tirés des textes suivants :

Daphné B., « Inflation sexuelle », dans *Liberté*, n° 324, été 2019, p. 24-29

(merci à Rosalie Lavoie pour le travail éditorial)

Daphné B., « Tomber en amour », dans *Cousin de personne*, n° 13, 2018, p. 38-39.

Daphné B., « le selfie », dans *Spirale*, en ligne : http://magazine-spirale.com/article-dune-publication/le-selfie, publié le 6 novembre 2015.

(merci à Sébastien Dulude pour le travail éditorial)

Daphné B., « Sur la vidéopoésie, mon vidéopoème *I Am a Girl* et autres choses », dans *Exit*, n° 81, 2015, p. 97-99.

Cet ouvrage a été achevé d'imprimer sur Roto-Page
par l'Imprimerie Floch à Mayenne
pour le compte des Éditions Grasset
en juin 2021.

Composition Maury-Imprimeur

PAPIER À BASE DE FIBRES CERTIFIÉES

Grasset s'engage pour l'environnement en réduisant l'empreinte carbone de ses livres.
Celle de cet exemplaire est de :
450 g éq. CO_2
Rendez-vous sur www.grasset-durable.fr

N° d'édition : 22061 – N° d'impression : 98599
Dépôt légal : septembre 2021
Imprimé en France